Samira, die alte Frau mit dem roten Rucksack

Ilona Friederici

Bibliografische Information der Deutschen Nationalbibliothek
Die Deutsche Nationalbibliothek verzeichnet diese Publikation in der
Deutschen Nationalbibliografie; detaillierte bibliografische Daten
sind im Internet über http://dnb.d-nb.de abrufbar.

Ilona Friederici
Samira, die alte Frau mit dem roten Rucksack

Lektorin: Birgit Rentz
Bilder: Ilona Friederici
Titelbild: Fred Fuchs

Berlin: Pro BUSINESS 2018

ISBN 978-3-96409-009-6

1. Auflage 2018

© 2018 by Pro BUSINESS GmbH
Schwedenstraße 14, 13357 Berlin
Alle Rechte vorbehalten.
Produktion und Herstellung: Pro BUSINESS GmbH
Gedruckt auf alterungsbeständigem Papier
Printed in Germany
www.book-on-demand.de

Inhalt

Prolog 7
Nichts ist mehr, wie es einmal war 21
Auf dem Hügel..25
Träume, Sehnsüchte und Leidenschaften............................39
Sei du selbst 43
Wiedersehen im Biergarten 49
Du bist ein Original...55
Freundinnen 61
Sprachen der Liebe 67
Durch die Augen des anderen 79
Im Eiscafé..87
Wiedersehen am Bachlauf 93
Ein Blick über die Komfortzone..........................107
Du bist genau richtig, wie du bist.......................117
Der Unfall..127
Als wäre es der letzte Tag 133
Ein Abend ohne die Kinder 137
Weniger ist manchmal mehr 141
Epilog..149
Hamanyalas 151
Danksagung..153
Notizen..154
Die Autorin 158

Prolog

Es gibt Momente, die verändern dein Leben. Manche weniger, manche mehr. Was mein Leben außergewöhnlich verändert hat, ist die Begegnung mit Samira. Eine alte Frau, von der ich nicht viel mehr weiß, als dass sie Samira heißt. Zumindest hat sie sich mir so vorgestellt. Das erste Mal begegnete ich ihr vor mehr als dreiundzwanzig Jahren.

Ich saß auf einem großen Felsbrocken an einem breiteren Bachlauf. Es führte kein direkter Weg dorthin, ich war einfach über eine Wiese gelaufen und hatte mich dann durch ein paar Büsche hindurchgeschlichen. Ich suchte einen Ort der Stille, wollte niemanden sehen oder hören, einfach nur allein sein. Völlig am Boden zerstört saß ich da und weinte. Ich hatte wohl schon mindestens das zehnte Taschentuch vollgeschnauft und fühlte mich einfach elend, einsam und verlassen. Meine Welt war zerrüttet, ich sah keine Zukunft mehr. Vor einem halben Jahr hatte ich mit gerade mal sechzehn Jahren meine Mutter verloren, und vor drei Wochen war mein Vater schwer erkrankt. Er sei nun ein Pflegefall, hatte man mir an diesem Tag gesagt, und werde sich nie wieder allein versorgen können. Die Verzweiflung machte sich in mir breit, und ich wusste nicht mehr, was ich tun sollte. Was wird nun, wo kann ich bleiben? Ich wollte einfach nur weg, es hatte alles keinen Sinn mehr. Das ganze Leben schien mir ohne Sinn und Zweck. Ich fühlte mich so allein und einsam. Überlegte, ob ich von der Brücke springen sollte. An der Talbrücke hatte sich schon einmal jemand umgebracht, das hatte mir mein Freund Toni erzählt. Das wäre doch ganz einfach und ich würde niemandem, besonders nicht meinem Vater, zur Last fallen. Wer würde mich schon noch wollen?

Plötzlich hörte ich eine Stimme hinter mir: »Darf ich mich zu dir setzen, junge Frau?«

Erschrocken drehte ich mich um. Total überrascht, denn ich hatte niemanden kommen hören. Hinter mir stand eine alte, grauhaarige Frau. Sie hatte etwas dunklere Haut, was mir sofort auffiel. Ich konnte nicht erkennen, ob sie Ausländerin war oder einfach nur viel Zeit in der Sonne verbracht hatte. »Oh«, entfuhr es mir, »ich habe Sie nicht kommen hören. Ich dachte, ich wäre hier allein.«

Jetzt überkam mich aber doch kurz die Panik, ich war schließlich ganz ohne Begleitung. Wenn die Frau mir etwas tun wollte, dann hörte mich nicht mal jemand, falls ich schrie. Aber dann lächelte sie mich an, und ohne ein weiteres Wort zu sagen, setzte sie sich neben mich auf den Felsbrocken.

»Wer sind Sie?«, fragte ich. »Was machen Sie hier?«

Daraufhin musste die Grauhaarige lachen. »Das sollte ich lieber dich fragen, Ilona.«

Ich stutzte. »Woher kennen Sie meinen Namen? Kennen wir uns?« Ich konnte mich nicht erinnern, die Frau jemals gesehen zu haben.

»Ich kenne deinen Namen. Ich bin übrigens Samira«, erwiderte sie und reichte mir ihre rechte Hand.

Ich zögerte. Irgendwie war das gerade alles sehr merkwürdig. Samira wirkte unauffällig, trug Jeans, eine Bluse und schlichte Lederschuhe. Diese Schuhe, die Indianer oft trugen, Mokassins. Ihr roter Rucksack wirkte etwas fehl am Platze, er passte meiner Meinung nach so gar nicht zu ihr, zu einer so alten Frau. Aber dann reichte ich ihr doch meine Hand und traute mich, noch einmal zu fragen: »Was machen Sie hier?«

Mir tief in die Augen schauend meinte sie: »Ich bin deinetwegen hier.«

Wieder stutzte ich. »Meinetwegen?«

»Ich bin hier, weil ich Dinge gut sehen kann. Andere Menschen können gut singen oder zeichnen. Und ich kann gut sehen. Sehe mehr aus unterschiedlichen Perspektiven«, erklärte sie.

»Ich versteh nur Bahnhof«, schoss es aus mir heraus. Ich merkte, dass ich unhöflich wurde und mein Ton unangebracht war, aber irgendwie kam mir die Situation ein wenig lächerlich vor. Etwas Misstrauen kam auch noch dazu. Was soll das hier werden?, fragte ich mich.

»Ich werde versuchen, es dir zu erklären, aber vorher lade ich dich zu einem Festessen ein«, sagte Samira, während sie anfing, in ihrem knallroten Rucksack herumzukramen. Zum Vorschein kamen zwei Weizenbrötchen, ein Apfel, der in zwei Hälften geschnitten war, und eine Flasche Wasser.

Hm, dachte ich, unter einem Festessen hätte ich mir aber etwas anderes vorgestellt. Dennoch nahm ich das angebotene Brötchen und den Apfel an. Auf einmal registrierte ich, dass ich sehr hungrig war, zumal ich heute auch noch nichts gegessen hatte. Das war mir vorher noch gar nicht so aufgefallen.

So saßen wir eine ganze Weile nebeneinander und aßen. Eigenartigerweise stellte ich fest, dass ich neben der fremden Frau immer ruhiger wurde. Auch wenn ich mich weiterhin fragte, was das hier eigentlich sollte, entspannte ich mich allmählich.

Nach einiger Zeit des Schweigens fragte Samira mit einem schelmischen Blick in meine Richtung: »Na, wie war das Festessen, junge Frau?«

»Also, ich möchte nicht unhöflich erscheinen, aber unter einem Festessen stelle ich mir etwas anderes vor. Trotzdem vielen Dank.«

»Ja, vielleicht haben wir nicht das Gleiche gegessen. Was hast du denn gegessen?«

Was sollte die Frage? Verwundert antwortete ich: »Wir haben doch beide das Gleiche gegessen.«

»Das finden wir nur heraus, wenn du mir sagst, was *du* gegessen hast.«

Jetzt war ich verwirrt. »Ich weiß nicht, wie Sie das meinen! Wir haben doch beide ein trockenes Brötchen und jeweils einen halben Apfel gegessen.«

Samira fing an zu lachen. Ich war mir nicht sicher, ob ich jetzt wütend war oder einfach nur genervt. Langsam ging mir das Ganze hier auf den Geist. Ich wollte doch nur meine Ruhe haben. Deshalb hatte ich mich ja durch die Sträucher gequält.

»Also, ich habe heute ein Brot de Grande und ein Obstdessert bei herrlichem Sonnenschein an einem schönen kleinen Bachlauf gespeist.« Samira hielt kurz inne. »Du siehst, es liegt manchmal daran, aus welcher Perspektive man eine Sache betrachtet. Oft hilft es, eine Situation von einer anderen oder höheren Perspektive aus zu betrachten. Manchmal tut es auch gut, ein Ereignis aus der Perspektive eines anderen Menschen zu betrachten.«

Irgendwie konnte oder wollte ich das an diesem Tag nicht verstehen. Zögerlich schüttelte ich den Kopf. »Ich weiß nicht so wirklich, was Sie von mir wollen. Das ist mir gerade alles ein bisschen zu viel.«

Samira schenkte mir einen mitfühlenden Blick. »Nenn mich einfach Samira. Du kannst mich also gerne duzen. Ich verstehe dich, liebe Ilona.« Sie kramte erneut in ihrem Rucksack. »Aber ich habe dir auch noch etwas mitgebracht«, deutete sie an, während sie drei Bücher hervorzog. »Liest du, meine Kleine? Ich meine nicht, ob du lesen kannst, sondern ob du es tun wirst. Dann hätte ich diese Bücher für dich. Sie werden dir einen Einblick in eine andere Perspektive verschaffen.« Wie ich erkennen konnte, waren es Bücher von Abraham Lincoln, Nick Vujicic und Anne Frank.

Obwohl es eine so außergewöhnliche Situation war, fühlte es sich für mich in diesem Moment sehr vertraut an. Auf einmal waren all meine Sorgen, Ängste und Trauer vergessen. Irgendwas in mir sagte: Vertraue dieser Frau!

»Eigentlich lese ich keine Geschichtsbücher«, erklärte ich, »aber ja, ich lese.« Etwas zögerlich nahm ich die Bücher entgegen.

»Lies sie in Ruhe«, sagte Samira. »Wir sehen uns in ein paar Tagen, und dann schaue ich, wie es dir mit den Büchern ergangen ist. Nun muss ich mich auf den Weg machen, eine alte Frau braucht ihre Erholung.« Noch während sie das sagte, ging sie in Richtung der Sträucher.

»Wie und wo sehen wir uns?«, rief ich ihr hinterher, aber sie war schon verschwunden.

Was für eine seltsame Begegnung …

Ich blieb noch eine Zeit lang am Wasser sitzen, schlug das Buch von Abraham Lincoln auf und fing an zu lesen. Und dann las ich und las und las – bis ich plötzlich feststellte, dass es dunkel wurde.

In den nächsten Tagen las ich ein Buch nach dem anderen und war so was von berührt und bewegt von den

Geschichten. Alle drei Hauptfiguren hatten schwere Schicksalsschläge und Niederlagen hinnehmen müssen. Und alle waren wieder aufgestanden und hatten mit Erfolg ihr Schicksal in die Hand genommen.

Zwar lenkte mich das Lesen ab, jedoch ging es mir zwischendurch ziemlich schlecht. Ständig musste ich weinen, meine Mutter fehlte mir so sehr. Jetzt noch mehr als vor der Mitteilung, dass mein Vater so krank sei. Ich konnte nun nicht mal mehr mit meinem Vater reden. Die Ärzte hatten gesagt, er brauche Ruhe.

Nachmittags kam meine Tante Sabine vorbei, um mir etwas zu essen zu kochen. Als ich sie wie so oft fragte, wann mein Vater endlich gesund werden würde, nahm sie mich in den Arm, begann zu weinen und meinte nur: »Nie mehr, kleine Ilona. Nie mehr.«

Ich fing an zu schreien, tobte und weinte vor Verzweiflung. Wo sollte ich nur hin? Ich war doch ganz allein! Wieder bewegten mich diese Gedanken. Niemand mehr da, der mich wollte. Abermals kam mir die Talbrücke in den Sinn. Ich sollte springen, dann wäre alles vorbei.

Wie aus dem Nichts fiel mir irgendwann diese sonderbare Samira wieder ein. Tagelang lief ich durch den Wald, über die Wiesen, vorbei an dem Bachlauf, um sie zu suchen. Ich hatte ja noch ihre Bücher und gleichzeitig so viele Fragen. Fragen, die ich ihr stellen wollte. Ich hatte keine Ahnung, warum gerade sie diejenige war, von der ich mir Antworten erhoffte, aber ich suchte sie überall. Fragte meine Tante, ob sie die alte Frau kenne. Doch leider konnte sie mit meiner Beschreibung nichts anfangen und kannte niemanden mit dem Namen Samira.

Nach über einer Woche hörte ich plötzlich im Stadtpark eine Stimme hinter mir. »Na, du Leseratte!«

Ich wusste sofort, dass Samira zu mir gekommen war, und ein Lächeln huschte über mein Gesicht, als ich mich zu ihr umdrehte.

»Was macht die Perspektive, Ilona?«, erkundigte sie sich augenzwinkernd.

Statt zu antworten, schoss es aus mir heraus: »Ich habe Sie überall gesucht!«

»Junge Frau, sind wir nicht Freunde? Ich bin Samira, das sagte ich dir doch bereits, und Freunde darf man schließlich duzen, oder? Schon vergessen?«

Ich fand es ungewöhnlich, mit »junge Frau« angesprochen zu werden. Und eine so alte, fremde Frau zu duzen, kam mir sonderbar vor. Aber irgendwie gefiel es mir auch. Genauso wie mir diese fremde Frau gefiel, sie hatte etwas Nettes, Sympathisches und gleichzeitig Magisches an sich, das ich nicht erklären konnte.

»Die Perspektive?«, fragte ich nur und sah sie mit großen Augen an.

»Hast du die Bücher, die ich dir gegeben habe, schon gelesen? Ich habe dir nämlich weiteren Lesestoff mitgebracht.« Samira hielt mir, ohne auf meine Antwort zu warten, drei neue Bücher hin.

Ich nickte und dankte ihr. Wieder musste ich über den außergewöhnlichen und knallig roten Rucksack schmunzeln, aus dem sie die Bücher hervorgekramt hatte.

»Hast du beim Lesen eine neue Perspektive gewonnen und etwas aus den Büchern gelernt?«, wollte sie wissen.

»Ja«, ich nickte, »die Geschichten waren beeindruckend. Obwohl die jeweiligen Hauptfiguren von sehr schweren Schicksalsschlägen getroffen waren, schienen sie alle ihr Leben zu lieben.«

»Dann lies diese drei, und du erhältst noch mehr Perspektive. Man muss das Leben manchmal aus einer anderen Perspektive sehen, junge Frau.«

Wieder dieses »junge Frau«. Eine Anrede, die ich später noch öfter zu hören bekommen sollte, aber das ahnte ich zu dem Zeitpunkt noch nicht.

Samira reichte mir die Bücher. »Ich habe sie in der Bücherei ausgeliehen. Du kannst sie nach dem Lesen zusammen mit den anderen dort wieder abgeben. Ich muss nun weiter, liebe Ilona, ich werde von einer Freundin erwartet. Viel Spaß beim Lesen!« Mit diesen Worten ging sie in Richtung Parkausgang.

Zunächst etwas sprachlos, schaute ich ihr hinterher, aber dann klemmte ich mir die Bücher unter den Arm, setzte mich unter einen großen Baum und fing an zu lesen.

Das erste Buch erzählte die Geschichte von einem armen kleinen Jungen in Afrika, der schon früh auf dem Feld arbeiten musste und deshalb sehr oft nicht zur Schule gehen konnte. Das zweite Buch war von Mark Twain und das dritte von Christoph Kolumbus.

Ich verschlang die Bücher regelrecht, konnte nicht aufhören zu lesen. Sie faszinierten mich und ich gewann mit meinen nicht mal siebzehn Jahren einen anderen Blick auf das Leben und auf mein eigenes Schicksal. Der Gedanke an die Talbrücke kam mir nur noch ein paarmal und war schließlich gänzlich verschwunden. Diese Menschen, von denen ich in den Büchern las, hatten ebenfalls schwere Schicksalsschläge hinnehmen müssen und hatten damit so bewundernswert gelebt oder leben zum Teil noch immer und wurden auf ihre Weise zu großen Vorbildern für mich.

Nach ein paar Wochen zog ich zu meiner Tante, die sich wirklich liebevoll um mich und auch um meine Trauer kümmerte. Das veränderte mein Leben sehr, aber ich spürte die Liebe, die sie mir entgegenbrachte.

Immer wieder hielt ich in den Wochen, Monaten und Jahren Ausschau nach dieser besonderen Frau. Der Frau, die mir gezeigt hatte, dass kein Schicksal so groß ist, dass es sich lohnt, von der Brücke zu springen. So oft dachte ich in den folgenden Jahren an Samira, sah sie aber nicht wieder.

*Dieses Buch ist in Liebe
meiner viel zu früh verstorbenen Mutter
gewidmet.*

Nichts ist mehr, wie es einmal war

Noch im Halbschlaf hörte Leni den Radiowecker angehen. Sie spielten »Keine Zeit« von Tim Bendzko. Ja, ich würde jetzt auch am liebsten im Bett liegen bleiben, wie der Tim es singt, dachte sie kurz, wusste aber sofort, dass das nicht möglich war. Ihr Blick ging nach links, zur anderen Betthälfte. Sie war leer. Sofort kamen die Erinnerungen an den vergangenen Abend. Ihr Mann war sehr spät nach Hause gekommen und sie hatte sofort gespürt, dass etwas nicht stimmte. Und so war es auch gewesen. Sie hatte noch sehr lange wach gelegen, vielleicht gerade mal zwei Stunden geschlafen.

Mit hämmerndem Kopf lag sie nun im Bett und der letzte Abend lief wie ein Film noch einmal vor ihrem geistigen Auge ab. In ihrem Inneren klangen die Worte ihres Mannes nach: Er habe sich in eine andere Frau verliebt und wolle demnächst ausziehen. Wie betäubt und geschockt hatte sie vor ihm gesessen, zunächst unfähig, irgendetwas zu sagen.

Jetzt schaute sie noch einmal auf die andere Bettseite und ihr war klar, es war kein Traum. Es war wirklich passiert.

Wie in Trance stand sie nun langsam auf. Die Kinder mussten ja geweckt und das Frühstück vorbereitet werden. Als sie am Wohnzimmer vorbeikam, sah sie, dass ihr Mann, der die Nacht auf dem Sofa verbracht hatte, schon aufgestanden war. Wie benebelt schlich sie in Richtung Küche. Seine Schuhe standen nicht mehr, wie um diese Tageszeit üblich, im Flur vor der Eingangstür. Er war also schon los zur Arbeit. Sie fühlte sich gerädert, schlapp und irgendwie ausgelaugt, konnte keinen klaren Gedanken fassen. Doch Leni musste sich um die Kinder kümmern. Wie automatisiert ging sie zunächst ins Bad, um sich so gut es ging die verheulten Augen überzuschminken, bevor sie zu den Kindern hochging und sie liebevoll weckte, wie sie es jeden Morgen tat. Sie gab sich alle Mühe, sich nichts anmerken zu lassen und so zu tun, als wäre es ein ganz gewöhnlicher Dienstagmorgen. Aber das war es nicht. Tief in ihrem Inneren wusste sie genau, dass ab heute nichts mehr sein würde, wie es einmal gewesen war.

Nachdem sie mit den Kindern gefrühstückt hatte – oder besser gesagt mangels Appetit nur den Kindern das Frühstück zubereitet hatte und sie nun auf dem Weg zur Schule waren –, sackte Leni auf dem Küchenstuhl zusammen. Die Tränen rannen ihr nur so übers Gesicht. Verzweiflung und Ratlosigkeit machten sich in ihr breit. Was habe ich falsch gemacht?, hämmerte es immer wieder durch ihren Kopf. Ein Gedanke nach dem anderen beschäftigte sie. Was ist passiert? Wie konnte das geschehen? Fragen über Fragen, auf die sie keine Antwort wusste.

Nach einer ganzen Weile wurde ihr klar, dass sie hier nicht sitzen bleiben konnte. Sie konnte nicht, wie Tim Bendzko es gesungen hatte, »einfach frei machen«. Sie hatte eine Arbeit und es warteten Verpflichtungen auf sie, die sie einhalten musste.

Kurz überlegte sie, ob sie ihren Mann anrufen sollte, stieg dann aber doch die Holztreppe hinauf, um zu duschen. Eine gefühlte Ewigkeit ließ sie das heiße Wasser auf ihren Körper prasseln. Versuchte einen klaren Kopf zu bekommen. Aber das Bauchkneifen ging genauso wenig weg wie die vielen quälenden Fragen. Besonders die Frage danach, was sie getan, ja was sie falsch gemacht hatte. Am vorherigen Abend hatte sie ihrem Mann diese Fragen bestimmt acht Mal gestellt, aber er hatte immer wieder beteuert: »Nichts, du hast nichts falsch gemacht. Es ist einfach passiert.«

Einfach passiert, dachte sie. »So was passiert doch nicht einfach!«, sprach sie ihren Gedanken nun laut aus.

In Gedanken versunken begann sie sich abzutrocknen und das rot geschwollene Gesicht und die Augen ein weiteres Mal so gut es ging zu schminken. Ja, sie konnte ein wenig von ihrer Traurigkeit kaschieren, aber wer genau hinsah, erkannte die dicken Augenringe. Doch es nützte nichts, sie musste sich langsam fertig machen. Im Büro erwartete man sie, und sie wusste, dass dort viel zu tun war.

Auf dem Hügel

Behutsam lenkte Leni ihren Kleinwagen aus der Garage und bemühte sich, ruhig zu bleiben. Bloß kein Aufsehen erregen, nicht dass noch jemand sie fragte, wie es ihr gehe. Das wäre jetzt die Hölle für sie.

Während sie die Auffahrt hinunterrollte, kamen die Erinnerungen hoch. An die Zeit, als sie zusammen mit ihrem Mann das Haus geplant und gebaut hatte. An den Tag, an dem sie gemeinsam den Vorgarten gestaltet hatten. Wieder kamen ihr die Tränen. Leni stoppte kurz, wischte sie ab und fuhr dann gleich wieder los.

Wie automatisiert bog sie links auf die Straße ab und nahm den gewohnten Weg zur Arbeit – zunächst durch die Stadt und dann über eine Landstraße, die in den benachbarten Ort führte.

Ein paar Kilometer hinter der Ortsausfahrt registrierte sie plötzlich eine Weggabelung. Irritiert überlegte sie: Den Weg kenne ich ja noch gar nicht. Warum ist er mir bisher nie aufgefallen? Sie sah sich um, schaute in alle Richtungen, um sich zu vergewissern, dass sie sich auf der richtigen Straße befand. Ja, sie war auf der Straße, die sie seit mehr als sechs Jahren jeden Morgen und jeden Mittag auf dem Weg zur Arbeit und zurück befuhr. Sie wohnte schon so lange in dieser Gegend, aber diese Abzweigung war ihr noch nie aufgefallen. Verwirrt bremste sie vor der Gabelung leicht ab. Dann glitt ihr Blick zur Uhr.

Sie hatte, wie jeden Morgen, mehr als genug Zeit. Leni war immer gern rechtzeitig an ihrem Arbeitsplatz. Niemand sollte ihr je nachsagen können, dass sie auch nur ein einziges Mal zu spät gekommen sei. Es könnte ja unterwegs auch mal etwas passieren, was sie aufhalten würde.

Ohne groß über ihre Entscheidung nachzudenken, lenkte sie ihren Wagen an der Gabelung nach links, um herauszufinden, wohin der Weg führte. Kopfschüttelnd, weil sie sich absolut nicht an diesen Weg erinnerte, fuhr sie weiter. Die Straße wurde nach kurzer Zeit etwas schmaler und führte leicht bergauf an einem großen Rapsfeld und einer mit verschiedenen Blumen übersäten Wiese vorbei.

Schon nach kurzer Zeit bog der Weg noch einmal links ab und schlängelte sich den Hügel hinauf. Oben angekommen, befand sich auf der rechten Seite eine kleine Parkbucht. Leni entdeckte eine Holzbank sowie einen kleinen Grillplatz. Kurz entschlossen hielt sie den Wagen an, stieg aus und war verblüfft, was für einen schönen Ausblick man hier über das Tal hatte. Warum hatte sie das nicht gewusst? Warum war sie bisher noch nie hier gewesen?

Der leichte Wind, die Sonne am strahlend blauen Himmel und das leise Rascheln der Blätter einer großen Kastanie am Ende der Parkbucht taten ihr gut. Sie atmete zwei Mal ganz tief durch.

Plötzlich sagte eine Stimme hinter ihr: »Guten Morgen, genießt du auch eine kleine Auszeit?«

Als Leni sich umdrehte, sah sie auf der Holzbank eine alte Frau sitzen. Wo kommt die denn auf einmal her?, fragte sie sich. Eben war die Bank doch noch leer gewesen, als Leni ihr Auto angehalten hatte. Aber das Lächeln der Frau war so freundlich und einladend, dass sie nicht unhöflich sein wollte. »Guten Morgen«, erwiderte sie. »Nein, ich weiß auch nicht, eigentlich bin ich auf dem Weg zur Arbeit und war gerade über mich selbst erstaunt, dass ich diesen schönen Platz gar nicht kenne. Und das, obwohl ich schon so lange in dieser Gegend lebe.« Sie sog noch einmal die frische Luft in sich ein. »Sie sind nicht von hier, oder?«, platzte es plötzlich aus ihr heraus, denn sie kannte die Frau nicht. Und sie kannte sonst fast jeden hier in der Umgebung, zumindest vom Sehen. Sie lebten ja schließlich auf dem Land. Dann registrierte sie neben der Frau einen auffälligen roten Rucksack, der irgendwie so gar nicht zu ihr passte, weil sie eher unauffällig gekleidet war. Leni ertappte sich dabei, für einen kleinen Moment in sich hineinzuschmunzeln.

»Ich komme öfter mal hierher, wenn dieser Ort mich braucht«, sagte die alte Frau. »Übrigens, ich heiße Samira.« Sie streckte Leni ihre rechte Hand entgegen und forderte sie mit einer einladenden Geste auf, sich neben sie zu setzen.

»Eh, oh, ja, ich bin Leni«, stotterte Leni und dachte: Was für ein komischer Tag heute! Sie nahm neben der Unbekannten Platz. »Ich weiß«, hörte sie diese sagen. Leni stutzte. Woher kennt sie mich?, überlegte sie. Sie war sich sicher, die alte Frau noch nie in ihrem Leben gesehen zu haben.

Dann schwiegen beide eine ganze Weile, während Leni die Augen schloss und die wärmende Sonne in ihrem Gesicht spürte. Plötzlich tauchte das Gesicht ihres Mannes vor ihrem geistigen Auge auf. Sie schluckte, und ohne das Gefühl von Traurigkeit aufhalten zu können, rannen ihr Tränen die Wange herunter. Eilig versuchte sie, sich zusammenzureißen, und wischte die Tränen mit einem Taschentuch fort.

»Das Leben ist nicht immer einfach, Leni, richtig?«

Leni horchte auf und wandte ihren Blick zu Samira. Obwohl sie diese Frau noch nie zuvor hier im Ort gesehen hatte, war sie ihr irgendwie vertraut. Sie konnte es nicht erklären, aber die grauhaarige Alte, deren Haut etwas dunkler war als ihre eigene, wirkte aufrichtig und vertrauenswürdig – warum auch immer. Leni nickte. »Und heute ist ein besonders schlimmer Tag«, rutschte es ihr heraus.

Samira blickte sie mitfühlend an, erwiderte aber zunächst nichts darauf. Sie lächelte ihr einfach nur zu.

Dann saßen die zwei wieder eine Weile still nebeneinander. Leni versuchte ihre Gefühle unter Kontrolle zu halten, damit die Frau neben ihr nichts davon bemerkte. Aber es arbeitete in ihrem Kopf. Die vielen Fragen, die sie schon am vorigen Abend nicht losgelassen hatten, flogen nur so von links nach rechts und von rechts nach links: Niemandem kann ich es recht machen! Ich tue doch alles, was man von mir erwartet. Ich helfe jedem. Aber offenbar bin ich nicht gut genug. Was habe ich nur falsch gemacht? Sie konnte es noch immer nicht fassen, dass ihr Mann ihr das für sie Schlimmste – eine neue Liebe und die Trennung – offenbart hatte.

»Man kann es nicht allen Menschen recht machen!«, sagte plötzlich Samira neben ihr.

Ups, habe ich meine Gedanken gerade laut ausgesprochen?, schoss es Leni durch den Kopf. Nein, das hatte sie nicht. Aber warum hatte die alte Frau genau diese Worte gesagt? Irritiert schüttelte Leni den Kopf. Dieser Tag erschien ihr wirklich unheimlich. Sie hob ihren Blick, schaute in die mitfühlend wirkenden Augen der Grauhaarigen und wusste nicht, was sie dazu sagen sollte. Erst nach einer gefühlten Ewigkeit erwiderte sie: »Das möchte man aber doch!«

Samira lächelte erneut. »Ich würde gern einen kleinen Spaziergang über den Hügel machen. Hast du Lust, eine alte Frau wie mich zu begleiten? Ich könnte Gesellschaft gut gebrauchen.« Sie erhob sich von der Bank, setzte sich den roten Rucksack auf und deutete mit einer kurzen Bewegung an, dass sie losgehen wolle. Der Rucksack – er war tatsächlich knallrot – auf dem Rücken der Frau, das sah schon irgendwie lustig aus, dachte Leni. Als wäre sie ferngelenkt, stand sie ebenfalls auf. »Ja, gerne«, hörte sie sich sagen.

Einige Zeit folgten die beiden Frauen schweigend dem Pfad über den Hügel, bis sie zu einem angrenzenden kleinen Waldstück kamen. Warum kenne ich diesen Weg eigentlich nicht? Diese Frage kam Leni immer wieder in den Sinn. Genauso oft wurde die Vergangenheit gegenwärtig und sie dachte zurück an den vorangegangenen Abend und all die Jahre davor, die sie zusammen mit ihrem Mann verbracht hatte.

Aber dann traute sie sich doch auszusprechen, was ihr auf der Seele brannte: »Woher kennen Sie mich eigentlich?«

Ein Lächeln huschte über das Gesicht der alten Frau. »Ich kenne deinen Namen, ja. Doch wichtiger ist, wer du bist. Ich darf doch du sagen, oder?«

Jetzt war Leni noch mehr verwirrt. »Eh, ja, ja klar«, stotterte sie. »Das dürfen Sie, nein darfst du …« Sie zwang sich zur Ruhe. »Mir kommt das gerade alles so seltsam vor. Wer sind Sie?«

Obwohl Samira schmunzelte, fühlte Leni sich nicht ausgelacht. Im Gegenteil, sie spürte einen offenen, freundlichen Blick auf sich ruhen.

»Rede doch einfach ganz normal mit mir«, sagte Samira. »Dazu gehört auch das Du. Ich bin eine Freundin.«

»Trotzdem weiß ich nicht, wer Sie, eh, wer du bist und woher du mich kennst.«

Wieder lächelte Samira, und Leni konnte nicht anders, als zurückzulächeln.

»Ich sagte doch, ich bin Samira.«

Jetzt wurde Leni ein wenig verlegen. Was war das gerade für ein Gefühl, das sie überkam?

»Du fühlst dich unwohl?«, fragte Samira.

»Nein, nicht wirklich unwohl, eher verwirrt und seltsam. Das hier ist so ungewohnt. Irgendwas ist mit mir nicht in Ordnung. Erst das alles mit meinem Mann, und nun befinde ich mich hier mit einer fremden Frau an einem Ort, den ich noch nie zuvor gesehen habe. Und das, obwohl ich schon so viele Jahre hier lebe.«

Samira lachte herzlich.

Bisher hatte Leni angenommen, die Frau sei im Rentenalter, aber jetzt, als sie lachte, schien sie ihr so jung und frisch, fast jugendlich.

»Wer bist *du*, Leni?«, fragte die Grauhaarige aus dem Lachen heraus.

Obwohl Leni die Frage völlig verblüffte, klang sie nicht aufdringlich oder plump. Die Art, wie Samira ihr dabei fest in die Augen schaute, war äußerst angenehm und fühlte sich so vertraut an. Im Geiste wiederholte Leni die Frage der Unbekannten: Wer bist du, Leni?

Ja, wer war sie eigentlich? Das war eine gute Frage.

Schweigend gingen sie eine ganze Weile weiter den Weg entlang. Die Stille war nicht unangenehm, sondern wirkte entspannend auf Leni. Samira strahlte eine ungewohnte Ruhe aus, die ihr guttat. Die Sonne schien durch Bäume und Büsche und Leni sog die frische Waldluft in sich ein. Sie fühlte, dass sie innerlich immer ruhiger wurde. Was lebe ich doch in einer schönen Gegend, dachte sie, als ihre Gedanken durch die Worte von Samira unterbrochen wurden.

»Viele Menschen kennen die Vorlieben, Wünsche und Träume ihrer Familie, die der Kinder, die der Eltern, die des Partners und vielleicht auch die der Freunde. Sie wissen, was deren Leidenschaft ist, was sie mögen, was sie lieben. Aber wenn man sie fragt, wer sie selbst sind, dann kennen sie ganz oft die Antwort nicht.«

Schweigen folgte, doch nun kam Leni ins Grübeln. Ja, wer war sie eigentlich? Für ihre Kinder war sie Mutter, für ihre Eltern, die sie oft um Hilfe und Unterstützung baten, war sie die Tochter. Sie war Ehefrau und Elternvertreterin in den Klassen ihrer Kinder. Das war es, was ihr im ersten Moment einfiel.

Leise sprach Samira weiter. »Es geht nicht immer nur um die Rollen, die man im Leben einnimmt. Es geht vielmehr darum, wer man selbst ist. Du selbst. Was macht dich aus? Was packt deine Leidenschaft? Was sind deine inneren Sehnsüchte?«

Wieder erschrak Leni. Woher weiß die Alte, was ich gedacht habe? Kann sie etwa meine Gedanken lesen? Oder habe ich gerade laut gesprochen und es nicht gemerkt? Werde ich langsam verrückt? Leni wusste nicht, wie ihr geschah. Das wurde ja immer unheimlicher hier.

Während sie weitergingen, lichtete sich der Wald und sie kamen auf einen schmalen Weg, der um eine große Rhododendronhecke herumführte. Ungewöhnlich, so ein Rhododendron am Wegesrand, dachte Leni und blieb kurz stehen.

Sie konnte Samiras Fragen gerade nicht beantworten, war irgendwie sprachlos, aber die Gedanken kreisten. Als sie zu der Grauhaarigen hinüberschaute, registrierte sie, dass diese auch gar nicht auf ihre Antwort wartete. Sie schien in sich zu ruhen. Wirkte so ausgeglichen und in sich gekehrt. Sie schenkte ihr nur ein kleines Lächeln, das Leni sofort erwiderte. Immer noch schweigend gingen sie weiter.

Was war das nur für ein merkwürdiger Tag? Leni lief hier mit einer alten Frau, die sie nicht kannte, durch den Wald, fühlte sich dabei aber nicht unwohl. Ganz im Gegenteil, es tat ihr gut, in der Natur und in ihrer augenblicklichen Situation nicht allein zu sein. Doch trotz der Ruhe, die sich in ihr ausbreitete, wollten die Plagegeister in ihrem Inneren keine Ruhe geben. Immer wieder schossen ihr Fragen durch den Kopf, auf die sie keine Antworten wusste.

Zeitweise hatte Leni Schwierigkeiten, Samira zu folgen, vielleicht weil sie oft stehen blieb, um die Landschaft und die friedliche Stille zu genießen, oder weil die alte Frau trotz ihres vermuteten Alters ziemlich flott auf den Beinen war. Samiras Schritte machten einen leichten und federnden, fast schon beschwingten Eindruck. Sie ging nicht wie eine alte Frau. Es kam Leni vor, als wäre Samira beim Gehen mit vollem Herzen dabei, ganz ins Gehen vertieft.

Der Ort war wunderschön und die friedliche Ruhe hatte etwas Magisches an sich. Außer dem leisen Zwitschern einiger Vögel waren keine Geräusche zu hören.

Plötzlich wurde die Sicht weit und erlaubte einen Blick über einen großen Teil des Tals. Sie mussten sich auf der anderen Seite des Hügels befinden. Leni nahm sich vor, bald mal wieder hierherzukommen. Die Sonne lachte immer noch hell und warf leichte Schatten. Es war irgendwie ein schöner Ausblick.

»Lass uns hier eine Pause machen, Leni. Dort drüben auf der rustikalen Holzbank. Sie lädt geradezu zu einer Rast ein. Und eine alte Frau, wie ich sie bin, sollte sich ja nicht überanstrengen.« Samira lenkte ihre Schritte in Richtung Bank und setzte sich.

Leni, die ihr wortlos gefolgt war, nahm neben ihr Platz. Die wärmende Sonne auf ihrem Gesicht, schloss sie für einen Moment die Augen und dachte zum wiederholten Mal: Wie schön es hier ist!

Als sie die Augen wieder öffnete, sah sie, dass jetzt ihre Begleiterin die Augen geschlossen hatte und ganz in sich gekehrt wirkte. Schlief sie womöglich? Liebend gern hätte sie ihr noch so viele Fragen gestellt, doch nun hielt sie es für angebracht, Samira in Ruhe zu lassen.

So saßen sie einige Zeit still auf der Bank, bis Samira ihre Augen wieder öffnete und in ihrem Rucksack kramte. Nachdem sie zwei Brote und zwei Birnenhälften herausgenommen hatte, hielt sie Leni, ohne ein Wort zu sagen, eines der Brote und eine Birnenhälfte hin.

Leni spürte, dass die alte Frau jetzt nicht reden wollte. Deshalb nickte sie nur zum Dank, nahm das Angebotene, lehnte sich wieder zurück und aß in Ruhe das Stück Birne. Nachdem sie am Morgen keinen Appetit gehabt hatte und ohne Frühstück aus dem Haus gegangen war, genoss sie jetzt das saftige Obst.

Sie versuchte, ein Gespräch anzufangen, merkte aber sofort, dass Samira ihr nicht zuhörte. Sie schien ganz auf ihr Brot konzentriert zu sein. Also verstummte Leni und widmete sich ebenfalls ihrem Essen.

Nach einer gefühlten Ewigkeit sagte Samira: »Ich sitze, wenn ich sitze; ich esse, wenn ich esse; ich gehe, wenn ich gehe, und ich stehe, wenn ich stehe.« Wieder lehnte sie sich zurück.

Ja, so kam es Leni auch vor. Samira schien bei allem, was sie tat, hundertprozentig dabei zu sein und sich von nichts und niemandem ablenken zu lassen. Wie es schien, war sie die ganze Zeit über im Hier und Jetzt. Mit einem tiefen Blick in ihre Augen fing Samira dann doch wieder an zu sprechen: »Du erinnerst dich an meine Frage von vorhin? Du hast sie noch gar nicht beantwortet. Die Frage lautete: Wer bist *du*?« Ihr Blick war warm und mitfühlend.

Leni musste noch ein wenig über diese Frage nachdenken. Wusste sie überhaupt, wer sie war? Hatte sie sich jemals Gedanken über ihre eigenen Wünsche und Träume gemacht? Ja, jetzt erinnerte sie sich: Ein paarmal hatte sie daran gedacht, wie schön es wäre, wenn sie Klavier spielen könnte. Den Gedanken hatte sie jedes Mal aber auch schnell wieder verworfen. Dafür war bisher einfach keine Zeit und kein Geld da gewesen. Sie hatte auch schon mal darüber nachgedacht, Spanisch zu lernen. Sie liebte den Klang dieser Sprache, hatte sich aber noch nie richtig damit auseinandergesetzt. Dafür wusste sie, wie Samira vorhin angedeutet hatte, sehr genau, was ihre Kinder und ihr Mann liebten.

Sie blieb noch eine ganze Weile stumm auf der Bank sitzen und ließ diese Gedanken auf sich wirken, während Samira sie, ebenfalls ohne ein Wort zu sagen, einfach nur liebevoll ansah.

Schließlich sagte Samira: »Dort, wo ich herkomme, gibt es die zehn Hölzer, die das Feuer des Glücks entfachen. Sie symbolisieren die zehn Dinge, die wichtig sind, um glücklich zu sein. Es sind die Hamanyalas. Wenn es dich interessiert, erzähle ich dir gern von ihnen. Ansonsten geht es hier gleich rechts den schmalen Pfad entlang zu deinem Auto. Du kannst den Weg nicht verfehlen.«

Leni musste nicht lange überlegen. Sie wollte mehr über diese Frau wissen, die ihr zwar irgendwie eigenartig vorkam, die etwas unheimlich war, gegenüber der sie aber ein so warmherziges Gefühl verspürte. Ihr war klar, dass es falsch wäre, jetzt zu gehen. »Ja, gerne!«, sagte sie daher und lächelte.

Also begann Samira zu erzählen: »Das erste Hamanyala sagt dir: Lerne deine Leidenschaften, Sehnsüchte und Träume kennen, denn diese führen dich auf den Weg zu dir selbst. Spüre in dich hinein und schaue, wobei dein Herz aufgeregt höher schlägt. Wobei verlierst du dich in Raum und Zeit? Was zaubert ganz automatisch ein Lächeln in dein Gesicht, wenn du es tust, siehst oder erlebst?« Sie hielt kurz inne. »Aber nun muss sich die alte Frau ein wenig ausruhen. Geh doch für eine Weile über die Wiese da vorne und genieße die bunten Schmetterlinge, die sich auf die verschiedenen kleinen Blüten setzen. Wir sprechen dann etwas später weiter.«

Leni konnte zwar kein Anzeichen von Müdigkeit in Samiras Gesicht erkennen, aber sie wollte auch nicht unhöflich sein und machte sich deshalb auf, um ein paar Schritte über die Wiese zu gehen. Dabei lauschte sie dem Zwitschern der Vögel und dem Summen der Libellen.

Träume, Sehnsüchte und Leidenschaften

Leni lag eine ganze Weile auf der von bunten Blumen übersäten Wiese im Gras und beobachtete das rege Treiben einiger Schmetterlinge und Libellen. Erst ein leises Rascheln holte sie aus ihrer Träumerei in die Wirklichkeit zurück. Ihr Blick glitt zur Bank, auf der Samira immer noch saß, wie sie vorhin dort gesessen hatte. Sie schien sich kaum bewegt zu haben. Leni hatte also auch diesmal nicht geträumt: Sie war wirklich da, die Frau mit dem auffälligen knallroten Rucksack.

Was für ein Tag! Leni stand auf und schlenderte zurück zu Samira, die gerade einen knochigen kleinen Stock aus ihrem Rucksack geholt hatte. Und wieder nahm sie diesen warmherzigen Blick wahr und fragte sich, wie alt Samira wohl sein mochte. Fragen wollte sie nicht danach, das wäre unhöflich gewesen. An der Bank angekommen, setzte sie sich rechts neben Samira. Inzwischen war sie neugierig geworden und wollte alles über diese Haman…sonstwas wissen. Haman… – wie hießen die noch?

»Schau her, meine Liebe«, sagte Samira und zeigte ihr den kleinen Stock, »das ist ein Hamanyala. Es ist ein ganz seltenes Holz und sehr empfindlich. So empfindlich wie die Dinge, die sie uns lehren. In meiner Heimat sagt man, wenn man die zehn wichtigsten von ihnen in sein Leben integriert, dann führt man ein gutes, zufriedenes und glückliches Leben.« Sie machte eine kurze Pause und schien das Gesagte erst einmal ruhen lassen zu wollen. Dann lächelte sie Leni entgegen und fuhr fort: »Von dem ersten Hamanyala habe ich dir vorhin schon kurz erzählt: Lerne deine Sehnsüchte, Leidenschaften und Träume kennen und integriere sie in dein Leben.

Wir Menschen sind alle so unterschiedlich und in jedem von uns brennt eine andere Leidenschaft. Nicht jeder sehnt sich nach dem, wonach sich andere sehnen. Was den einen anzieht, das stößt einen anderen vielleicht ab. Was dem einen ein Traum ist, ist dem anderen eine Last. Auf diese Weise kommt es zu einem Gleichgewicht auf dieser Welt. Stell dir vor, alle würden das Gleiche mögen. Oh, das wäre gar nicht auszudenken – wie schrecklich! Stell dir vor, alle würden gerne kochen, aber niemand möchte Obst oder Gemüse anbauen. Stell dir vor, alle Menschen würden für das Blockflötenspiel brennen. Wie langweilig wäre dann jedes klassische Musikstück? Ist es nicht einfach himmlisch, wenn verschiedene Instrumente ein Musikstück begleiten? Klingt das nicht viel interessanter? Nur Blockflötenmusik, das wäre doch auf Dauer langweilig, oder?« Samira lachte und klopfte Leni sanft auf die Schulter. »Hast du mal beobachtet, wenn jemand das tut, wofür er brennt, wie leicht es demjenigen fällt, egal wie schwer es zu sein scheint?«

Leni nickte nur und dachte über das nach, was Samira gerade über das Gleichgewicht gesagt hatte.

»Und nun zu dir, junge Frau«, fuhr Samira fort. »Wie sehen deine Träume aus? Und was sind deine Sehnsüchte und Leidenschaften?«

Darüber hatte Leni eben auf der Wiese schon eine ganze Weile nachgedacht. Es gab vieles, was sie gerne mal tun würde, nicht nur Klavier spielen und die spanische Sprache erlernen. Sie möchte auch andere Länder kennenlernen. Andere Kulturen vielleicht, die ganz anders dachten, lebten oder handelten als wir hier in Deutschland. Sie nahm an, dass Samira auch aus einem anderen Land kam. Nicht nur weil sie eine doch etwas dunklere Hautfarbe hatte als sie selbst, sondern auch weil sie, Leni, bisher noch nie etwas von Hamanyalas gehört oder gelesen hatte, Samira hingegen darüber sehr viel zu wissen schien.

Sie dachte noch eine ganze Weile über ihr Gespräch nach und es schien Samira nicht zu stören, dass zwischen ihnen eine längere Stille entstand.

»Sie, eh du, sagtest, es gäbe zehn Haman…dingsda, wie heißen die noch?«

Samira lachte laut und herzlich. Normalerweise hätte sich Leni jetzt ausgelacht gefühlt, aber in Gegenwart ihrer Begleiterin fühlte sich das ganz anders an. Stattdessen musste sie mitlachen und fühlte sich dabei locker und befreit.

»Hamanyalas heißen sie«, sagte Samira. »Du bist neugierig?« Sie schien Leni aus der Reserve locken zu wollen und gab ihr einen neckischen kleinen Stups.

Leni nickte nur. Ja, sie war jetzt wirklich gespannt, was es mit diesen Hamanyalas auf sich hatte. Ihr Interesse war geweckt.

»Okay, wenn es dich interessiert, dann möchte ich dir gerne davon erzählen. Aber nicht alles auf einmal, denn Hamanyalas haben die Angewohnheit, den Menschen zu verändern. Wenn man sie kennengelernt hat, dann ist nichts mehr, wie es war, dann ändert sich ganz viel und man kann meist nicht mehr zurück zu dem, was vorher war.«

Ja, diesen Gedanken, so erinnerte sich Leni, hatte sie heute schon einmal gehabt: Es würde nichts mehr so sein, wie es einmal gewesen war.

»Dann man los, Samira!«, hörte sie sich sagen, ohne darüber nachgedacht zu haben. »Ich bin bereit.« Doch bereit wofür?, fragte sie sich im selben Moment. Aber nun war es ausgesprochen und sie spürte Samiras empathischen und einfühlsamen Blick auf sich ruhen. Auf deren Frage: »Du möchtest die Hamanyalas wirklich kennenlernen, richtig?«, antwortete sie mit einem freudigen Nicken.

Sei du selbst

»Also, liebe Leni, das zweite Hamanyala bedeutet: Sei du selbst, sei authentisch und immer ehrlich, besonders zu dir selbst. Das ist etwas, was vielen Menschen heute schwerfällt. Schwer deshalb, weil sie manchmal gar nicht wissen, wer sie sind, was sie persönlich wollen. Und wenn man selbst keine Idee davon hat, was man will, was die eigene Meinung ist und wer man ist, wie soll man das dann gegenüber anderen Menschen authentisch rüberbringen? Authentisch zu sein macht einen ja auch manchmal angreifbar.«

Eine kleine Pause entstand.

»Warum macht es mich angreifbar?«, überlegte Leni.

»Na ja, junge Frau, wenn wir authentisch sind und so sind, wie wir halt sind und sein wollen, wird das nicht allen Menschen gefallen. Es gibt Menschen, die wollen dich anders haben. Für die bist du dann vielleicht ein Dorn im Auge. Das ist nicht ganz ungefährlich, denn manchmal zeigen sie dir einfach, dass sie dich nicht mögen. Oder sie legen dir Steine in den Weg. Das ist für so manchen Menschen, besonders wenn er es gerne harmonisch hat, nur schwer auszuhalten.«

Leni dachte an sich. Ja, für sie war es auch oft schwer zu ertragen, wenn andere auf sie böse waren, weil sie nicht deren Meinung teilte. Sehr oft lenkte sie dann ein und schloss sich deren Meinung an. Ein solches Verhalten war meist der einfachere Weg. Dass sie den Steinwall, den ihr Mann im Garten angelegt hatte, nicht leiden mochte, hatte sie ihm nicht gesagt, auch nicht, dass sie lieber eine kleine Holzbrücke über den Teich gehabt hätte. Bestimmt hätte das wieder stundenlange Diskussionen gegeben und am Ende hätte er eh seinen Wunsch durchgesetzt.

Plötzlich kamen ihr ihre gemeinsamen Freunde Sebastian und Daniela in den Sinn. Sie waren seit Jahren befreundet. Angefangen hatte es damit, dass Sebastian zusammen mit ihrem Mann Tennis spielte. Im Grunde mochte sie die beiden nicht, weil sie sich oft oberflächlich zeigten und auch immer wieder zu viel Alkohol tranken, wenn sie zu viert zusammensaßen. Ihrem Mann zuliebe hatte sie sich wiederholt mit Daniela oder auch mit beiden getroffen. An manchen Tagen sogar, obwohl sie lieber mit einer ihrer Freundinnen etwas unternommen hätte. Sie hatte nie etwas gesagt, weil ihr Mann, Sebastian und Daniela sich anscheinend sehr gut verstanden, und sie wollte keine Spielverderberin sein. Sie liebte ihren Mann, und da sollte man doch Kompromisse eingehen.

»Und warum triffst du dich nicht mehr mit Astrid und Gabi?«, fragte Samira und holte sie damit aus ihren Gedanken.

Hab ich schon wieder laut gedacht?, fragte sie sich beunruhigt. Aber wieso sollte Samira gerade diese Frage stellen? Und woher kannte sie eigentlich Astrid und Gabi, ihre besten Freundinnen? Na ja, beste Freundinnen konnte man nun auch nicht mehr sagen. Die beiden waren mal ihre besten Freundinnen gewesen, aber sie hatte sich schon seit Jahren nicht mehr mit ihnen verabredet. Sie sah sie gelegentlich, wenn sie ihre Kinder zum Sportverein begleitete, oder beim Einkaufen. Dann quatschten sie auch immer ganz nett. Aber sich bewusst getroffen, so wie früher, hatte sie sie ewig nicht. Warum eigentlich nicht?

Ihr Mann mochte die zwei nicht sonderlich, fiel ihr ein. Sie hatte sie ein paarmal eingeladen, als auch er zu Hause gewesen war. Aber er hatte immer gemeint, mit denen könne man gar nicht richtig reden. Sie seien zu langweilig. In diesem Moment wurde Leni bewusst, wie gern sie mal wieder einen netten Mädelsabend mit den beiden machen würde. So wie früher: einfach klönen, einen Sekt trinken, Chips knabbern und gemeinsam Musik aus den Achtzigern hören. Mann, war das immer lustig gewesen! Was hatten sie gelacht und Spaß gehabt! Das war lange her. Warum machten sie das eigentlich nicht mehr?

Plötzlich spürte Leni wieder Samiras Blick auf sich ruhen. Sie hatte die alte Frau für einen Moment völlig vergessen, war so tief in ihre Erinnerungen versunken. Sie sollte Astrid und Gabi einfach mal wieder einladen, kam es ihr in den Sinn. Ja, das werde ich tun, nahm sie sich fest vor. Man soll ehrlich zu sich selbst sein, hatte Samira gesagt. Man soll man selbst sein und authentisch. Ja, das hatte sie, Leni, ein wenig verlernt.

Plötzlich sah sie ein Lächeln über Samiras Gesicht huschen, fast so, als würde sie ahnen, was sie gerade gedacht hatte. Diese Frau war wirklich sonderbar, aber sie strahlte eine so herzliche Wärme aus, und Leni fühlte sich so verbunden mit ihr, wie sie es gar nicht in Worte fassen konnte. Da war etwas, doch sie wusste nicht, was es war. Aber es fühlte sich einfach gut an.

Leni erschrak fast, als Samira wieder zu sprechen begann: »Ich glaube, ich sollte langsam gehen. Es war schön, dich getroffen zu haben. Und ich bin jederzeit da, wenn du mich brauchst. Jetzt muss die alte Frau sich aber erst einmal ausruhen. Ich wünsche dir noch einen angenehmen Tag. Und du musst ja auch zur Arbeit.« Samira stand auf, setzte sich ihren roten Rucksack auf und ging langsam in Richtung Wald.

»Aber wo finde ich dich, wenn ich dich wiedersehen möchte?«, rief Leni ihr hinterher. »Wo wohnst du? Ich möchte doch so gerne noch die anderen Haman…dingsda – wie heißen die noch mal? – kennenlernen.«

Ohne sich umzudrehen, nur den Kopf leicht zu ihr gewandt, gab Samira kurz zurück: »Hamanyalas.« Sie lachte und ergänzte: »Du wirst mich schon finden, wenn du mich suchst.« Und gleich darauf war sie in den Waldweg eingebogen. Leni stand auf, um ihr zu folgen, aber als sie die Abzweigung erreichte, war Samira nirgends mehr zu sehen. Sonderbar, dachte Leni und trottete wieder zurück zu der Bank, auf der sie eben noch zusammen gesessen hatten. Sie schaute auf ihre Armbanduhr. Es war neun Uhr. Nein, das konnte nicht sein, sie war doch mehr als nur zehn Minuten mit der alten Frau zusammen gewesen. Ihre Uhr musste stehen geblieben sein.

Langsam ging sie den Weg entlang, den ihr Samira vorhin gezeigt hatte, und erreichte wenig später die Parkbucht. Noch immer etwas verwirrt, stieg sie in ihr Auto. Sie würde viel zu spät zur Arbeit kommen, das wusste sie.

Als sie aber auf die Uhr in ihrem Auto schaute, blieb ihr fast die Luft weg. Die Uhr zeigte zwei Minuten nach neun. Werde ich jetzt verrückt?, fragte sie sich, ließ den Motor an und lenkte den Wagen langsam zurück in Richtung Landstraße. Ohne nachzudenken, bog sie an der Weggabelung links ab und fuhr die letzten Kilometer bis zur Arbeit.

Wiedersehen im Biergarten

Leni saß im Biergarten und bestellte gerade einen Cappuccino und ein Stück Baumkuchen, als ihr fast der Atem stockte und sie nur noch stotternd den Rest ihrer Bestellung aufgeben konnte.

Besorgt schauten Astrid und Gabi sie an.

»Ist alles okay, Leni? Du bist auf einmal so blass«, erkundigte sich Astrid und warf einen fragenden Blick in die Richtung, in die Leni wie versteinert starrte.

Sie konnte nichts Auffälliges erkennen. Überall liefen Leute herum. Die Tische waren fast alle belegt und es herrschte ein reges und laut schnatterndes Treiben. Es war ein sonniger Tag und alle Menschen schienen auf den Beinen zu sein. Ein idealer Tag für Kaffee und Kuchen in diesem traumhaften Café und Biergarten.

Leni starrte zu dem Tisch am Ende der Veranda. Sie sah einen leuchtend roten Rucksack. Ihr Blick suchte umher, aber sie konnte die alte Frau, die sie in der Nähe vermutete, nicht entdecken. Aber den Rucksack, so auffällig wie der war, den konnte es nur einmal geben. Daran hatte sie keinen Zweifel. Sie suchte mit ihrem Blick den ganzen Garten ab, bis sie plötzlich an einem grauen Haarschopf hängen blieb. Im selben Moment stand sie auf und sagte nur: »Entschuldigt mich bitte, ich muss kurz mal jemanden begrüßen.« Und ging direkt zu dem Tisch, an dem ein Mann und eine Frau mittleren Alters, so schätzte sie, und eine leicht dunkelhäutige alte Frau saßen. Sie konnte sie nur schräg von hinten sehen, aber sie war sich sicher, es musste Samira sein. Nur wenige Meter neben ihr an einem Garderobenhaken hing ein – nein, *der* – rote Rucksack.

»Samira?«, fragte sie leise, nachdem sie nun doch etwas unsicher war, von hinten.

Die Frau drehte sich um und lächelte sie an, stand auf und sagte, während sie sie herzlich in den Arm nahm: »Leni, meine Liebe, schön, dich wiederzusehen. Du siehst gut aus.«

Zunächst war Leni doch etwas eigenartig zumute, aber das Gefühl verschwand sofort, als sie den warmherzigen Blick in Samiras Augen sah. »Ich hab versucht, dich zu finden, Samira. Ich freue mich, dich heute hier zu treffen, und würde gerne …«

Weiter kam sie nicht, denn Samira legte ihr sacht eine Hand auf die Schulter. »Herzchen, ich möchte nicht unhöflich sein. Aber ich bin mit meinen Freunden Luise und James hier. Wollen wir uns heute Abend am Strand treffen und ein wenig spazieren gehen? Treffen wir uns um neunzehn Uhr bei der DLRG-Hütte?«

»Oh, ja, gerne!«, konnte Leni nur sagen und blickte zu dem Herrn am Tisch. »Bitte entschuldigen Sie, dass ich einfach so dazwischengekommen bin. Aber ich hatte Samira so lange nicht gesehen.«

Der Herr nickte ihr freundlich zu.

»Ist in Ordnung, meine Liebe, wir sehen uns später am Strand«, erwiderte Samira, setze sich wieder an den Tisch und widmete sich ihren Freunden.

Leni war einerseits völlig nervös und aufgewühlt, andererseits freute sie sich sehr, Samira getroffen zu haben. Sie hatte so viele Fragen. Seit sie sie vor knapp einem Jahr auf dem Hügel getroffen hatte, kam sie ihr immer wieder in den Sinn. Ihre Fragen und die Erzählungen von den Haman…dingsda – sie konnte sich den Namen einfach nicht merken – hatten sie immer wieder bewegt. Viel hatte sich inzwischen in ihrem Leben geändert. Vieles auch durch das Gespräch mit ihr. Nun freute sie sich wahnsinnig, dass sie die alte Frau heute Abend wieder treffen würde. Zeitweise hatte sie schon daran gezweifelt, dass es Samira überhaupt gegeben hatte. Vieles war ihr so irreal vorgekommen.

Aber nun war sie ihr begegnet, was klar bedeutete, dass sie sich den Tag auf dem Hügel nicht eingebildet hatte. Einerseits erleichtert, aber auch aufgeregt, kehrte sie zu Astrid und Gabi zurück. War die Begegnung mit Samira nicht auch ausschlaggebend dafür gewesen, dass sie überhaupt den Kontakt zu ihren beiden besten Freundinnen wieder aufgenommen hatte?

Das letzte Jahr war hart gewesen. Ihr Mann war ausgezogen, sie hatten sich über vieles geeinigt, und nun wohnte sie mit ihren Kindern zusammen zwei Straßen entfernt von dem Haus, in dem sie alle gemeinsam gelebt hatten. Im Grunde genommen ging es ihr jetzt recht gut. Sie traf sich inzwischen wieder regelmäßig mit ihren Freundinnen und achtete auch sonst sehr darauf, ob das, was sie tat, auch ihrem eigenen Selbst entsprach. Sie überlegte und fragte sich oft: Ist das jetzt meine Meinung? Oder: Nehme ich gerade die Sicht eines anderen an? Vieles hatte sie gelernt seit dem Tag, an dem sie der seltsamen alten Frau mit dem roten Rucksack begegnet war. Vor vier Wochen hatte sie sich zum Beispiel zu einem Spanischkurs an der hiesigen Volkshochschule angemeldet. Das Lernen und die Sprache machten ihr Spaß und sie hatte nette Leute kennengelernt. Kurz bevor sie den roten Rucksack entdeckt hatte, hatte sie sich mit Gabi über einen geplanten Urlaub in Thailand unterhalten. Auch Gabi hatte schon immer den Wunsch gehabt, Asien und seine Kultur kennenzulernen. So hatten sie kürzlich gemeinsam beschlossen, sich einer Thai-Reisegruppe anzuschließen. Am kommenden Dienstag sollte die erste Infoveranstaltung stattfinden. Die Vorfreude tat ihr gerade so gut. Und wenn man all die ausgeschnittenen Berichte und Artikel über Asienreisen auf Lenis Couchtisch sah, dann war die aufkommende Spannung regelrecht zu spüren.

Wieder am Tisch angekommen, konnten Astrid und Gabi ihre Neugierde nicht verbergen.

»Wer war denn das?«, wollte Gabi wissen.

»Das ist eine alte Frau, die ich vor einem Jahr kennengelernt habe. Genau genommen an dem Morgen, nachdem Markus mir erzählt hatte, dass er ausziehen wird. Ich hatte sie schon überall gesucht, weil ich mich für unser Gespräch bedanken wollte und weil ich noch so viele Fragen an sie hatte. Aber niemand kannte sie oder hatte sie jemals gesehen. Deshalb war ich gerade so überrascht, sie hier zu erblicken. Schaut, der krasse rote Rucksack dort an der Garderobe, der gehört ihr. Lustig, oder? So sonderbar wie der Rucksack, so ist auch diese Frau. Wir treffen uns später unten am Strand.« Leni lächelte bei dem Gedanken, von Samira womöglich weitere Denkanstöße zu erhalten, die ihr Leben nachhaltig verändern würden. Um das Thema zu wechseln, wandte sie sich an Gabi: »Aber nun lass uns auf unsere Reise zurückkommen.«

In genau diesem Moment kam die Kellnerin und brachte die bestellten Getränke und den Kuchen. Während sie genussvoll aßen, schweifte Lenis Blick immer wieder hinüber zu dem Tisch, an dem Samira, der Mann und die Frau saßen, und zu Samiras Rucksack an der Garderobe. Dass sich ihre Freundinnen wiederholt Blicke zuwarfen und dabei schmunzelten, bekam sie gar nicht mit.

Du bist ein Original

Etwa vier Stunden später stand Leni aufgeregt an der Hütte der Rettungswacht. Wie immer war sie auch hier viel zu früh. Aber sie wollte die alte Frau nicht verpassen, freute sie sich doch so sehr, sie endlich wiederzusehen. Wo war sie nur die ganze Zeit?, fragte sie sich immer wieder. Als sie Samira auf sich zukommen sah, schlug ihr Herz gleich ein wenig schneller. Irgendwie war sie doch ganz schön aufgeregt, warum auch immer.

Ohne viel zu überlegen, schlossen die zwei sich in die Arme, fast so, als würden sie sich schon jahrelang kennen.

»Schön, dich zu sehen, Leni«, sagte Samira.

»Und ich freue mich erst«, platzte es aus Leni heraus. »Ich dachte schon, ich hätte mir nur eingebildet, dass wir uns letztes Jahr getroffen haben. Wo warst du nur die ganze Zeit? Ich habe überall nach dir gefragt, doch niemand konnte mir sagen, wo ich dich finde, wo du wohnst.«

Da war es wieder, dieses herzliche Lächeln in Samiras Gesicht. »Jetzt bin ich ja hier. Wollen wir ein Stück am Strand entlang spazieren gehen?« Ohne Lenis Antwort abzuwarten, ging sie los.

Nebeneinander folgten sie dem schmalen Weg an der Düne. Leni bedanke sich noch einmal bei Samira für das

Gespräch, das sie im letzten Jahr geführt hatten, und begann von ihren Erlebnissen in der Zeit danach zu berichten, was inzwischen passiert war, was sich verändert hatte. Sie erzählte ihr fast alles, so als wären sie die engsten Vertrauten, als wären sie die besten Freundinnen. Sprach von der Trennung und dem Umzug und vor allem von dem, was sie über sich selbst herausgefunden hatte.

Lange Zeit spazierten sie am Strand entlang, bis der Weg wieder hinauf zur Promenade führte und sie den Rückweg antraten.

»Ich bin so dankbar«, sagte Leni nach einer Weile, in der beide geschwiegen hatten, »dass ich dich an diesem verrückten Morgen getroffen habe. Lange habe ich über deine Worte nachgedacht. Sie haben einiges in mir und in meinem Leben verändert. Diese Haman…dingsda«, sie prustete los, »wie heißen die noch mal? Ich versuche es mir jetzt auch zu merken.« Früher wäre sie in einem solchen Moment am liebsten im Erdboden versunken, so peinlich wäre es ihr gewesen. Aber in Samiras Gegenwart war es anders. Sie konnte darüber lachen, dass sie sich den Namen dieser Hölzer nicht gemerkt hatte.

Samira stimmte in ihr Lachen ein. Dann sagte sie: »Hamanyalas, meine Kleine, ich habe dir von den Hamanyalas erzählt.«

Lenis Blick ging gen Himmel, und ohne den Kopf zu senken oder in Samiras Richtung zu schauen, meinte sie:

»Ja, du sagtest, die Hamanyalas verändern etwas. Nichts wird danach mehr sein, wie es vorher war. Und weißt du was? Das stimmt!« Gedankenverloren blickte sie in Richtung des aufgehenden Mondes. »Und du hast mir nur von zwei Hamanyalas erzählt. Was wird erst passieren, wenn ich die anderen auch noch kennenlerne?« Schweigend gingen sie weiter, und Leni hing ihren Gedanken nach.

»Magst du mir auch noch von den anderen Hamanyalas erzählen?«, fragte sie irgendwann.

Samira schaute ihr tief in die Augen. »Möchtest du sie wirklich kennenlernen? Du hast ja jetzt gemerkt, dass sie dein Leben verändern, und das ist nicht immer einfach. Und wie du selbst im letzten Jahr erlebt hast, manchmal kann es anfänglich auch schmerzlich sein.«

Leni hatte keinen Zweifel daran, dass sie sich auf die Reise machen und auch die anderen acht Hamanyalas kennenlernen wollte. »Ja, ich möchte lernen und die Reise zu mehr … wie nanntest du es damals? Was sagen deine Leute noch? Die Hamanyalas führen zu einem guten, zufriedenen und glücklichen Leben, richtig?«

»Genau!« Samira nickte. »Das hast du dir sehr gut gemerkt. Hut ab! Du scheinst schon einiges gelernt zu haben. Okay, dann unterhalten wir uns heute über das dritte Hamanyala, wenn du das möchtest.« Sie machte eine kurze Pause. »Das dritte Hamanyala sagt: Erkenne, dass du ein Original, also einzigartig und liebenswert bist. Wir hatten ja schon darüber gesprochen, dass jeder Mensch anders ist als seine Mitmenschen. Es gibt keinen Menschen zwei Mal. Jeder – aber auch wirklich jeder – ist individuell. Dadurch ergänzen wir uns ja alle zu einer Einheit, zu einem großen Bild. Wie ein Puzzle, das aus Tausenden einzelnen Teilchen besteht; jedes sieht anders aus als die anderen, jedes passt nur an eine Stelle. Und jedes Puzzleteil wird gebraucht, damit die ganze Schönheit und Vollkommenheit des Bildes entstehen kann.

So ist es auch mit uns Menschen. Viele von uns versuchen so zu sein wie andere. Aber das funktioniert nicht. Wenn wir erkennen, dass wir – jeder von uns – ein Original sind und somit ganz wichtig für die Gesamtheit, ähnlich wie bei einem Puzzle, dann werden wir auch erkennen, wie liebenswert wir sind. Wir Menschen dürfen lernen, uns selbst, also uns persönlich, als Original wahrzunehmen, uns anzuerkennen und zu lieben. Gelingt uns das, werden wir auch jeden anderen in seiner Einzigartigkeit, mit all seinen Ecken und Kanten, als Original erkennen, ebenso wie wir ihn anerkennen und lieben lernen. Weißt du, was das bedeutet, Leni?«

Ganz langsam arbeitete sich das Gesagte in Lenis Kopf. Nach und nach erkannte sie: »Dann werden wir uns alle lieben und Frieden haben!«

»Richtig, wir werden Frieden mit uns selbst haben und automatisch auch mit den anderen Menschen.«

Lenis Gesicht strahlte. »Genau. Das klingt wunderbar.«

Langsam kam die Rettungswache wieder in ihr Blickfeld. »Samira, setzen wir uns noch ein wenig an den Strand?«, fragte Leni.

»Nein«, erwiderte Samira, »ich bin müde, der Tag war lang und ich muss meine Kräfte sammeln. Bleib du doch einfach noch ein wenig an diesem schönen Ort und genieße den Sonnenuntergang. Der ist hier immer so wundervoll anzusehen.«

Leni wollte sich noch nicht von Samira verabschieden, merkte aber, dass es keinen Sinn hatte, sie umstimmen zu wollen. »Wann sehen wir uns wieder? Darf ich dich mal besuchen? Du hast mir immer noch nicht gesagt, wo du wohnst.«

Samira grinste über das ganze Gesicht, winkte ab und sagte: »So viele Fragen auf einmal, junge Frau. Wir zwei sehen uns wieder, wenn wir uns wiedersehen. Ich wünsche dir noch eine schöne Zeit hier am Strand.« Während sie das sagte, wandte sie sich zum Gehen und winkte Leni zum Abschied zu.

Bevor Leni reagieren konnte, war Samira bereits hinter der DLRG-Hütte verschwunden. Leni hätte gern noch etwas gesagt, aber es half nichts, sie war allein an diesem schönen Ort. Ihr war klar, dass es keinen Sinn hatte, Samira nachzulaufen, auch wenn sie das am liebsten getan hätte. Also drehte sie sich um, ging zum Wasser hinunter und setzte sich in den weichen, hellen Sand, um über das soeben Erlebte nachzudenken.

Ja, irgendwie hatte Samira recht: Auch sie war einzigartig. Niemand konnte in ihrer Familie so gut Kuchen backen wie sie. Sie hatte beim Backen stets ein gutes Händchen, probierte immer mal wieder Neues aus, und so waren über die Jahre schon viele verschiedene kreative Kuchen und Gebäcke entstanden. Sie kannte niemanden in ihrem Bekanntenkreis, der mit so viel Elan und Leidenschaft so guten und leckeren Kuchen backte. Vielleicht hätte ich Konditorin werden sollen statt Bürokauffrau, überlegte sie.

Wie von Samira vorgeschlagen, saß sie noch lange da und genoss den herrlichen Sonnenuntergang. Ihr fielen an dem Abend noch viele Dinge ein, an denen sie ihre persönliche Einzigartigkeit entdeckte, und zauberte sich selbst dabei immer mal wieder ein Schmunzeln ins Gesicht. Noch nie hatte sie so viel über sich und ihre Besonderheiten nachgedacht.

Freundinnen

Gestern war mein neununddreißigster Geburtstag. Mein Mann und meine beiden Kinder hatten mir eine leckere Geburtstagstorte gebacken. Erdbeersahnetorte.

Ich blätterte gerade die Tageszeitung durch und überflog die Seiten, als ich plötzlich an einem Bericht hängen blieb. Ein sechzehnjähriger Junge hatte sich von der Autobahnbrücke im Nachbarort gestürzt und war schwer verletzt in das Uniklinikum gekommen, wo er nun im Koma lag.

Das erinnerte mich schlagartig an einen roten Rucksack, und mir fiel sofort der Name Samira ein. Ich sah die Bilder von damals vor meinem geistigen Auge. Wäre sie nicht gewesen, wäre ich an dem Tag ebenfalls von der Brücke gesprungen?, fragte ich mich. Die Erinnerung an die schwerste Zeit meines Lebens kehrte zurück. Ich sah meine Mutter vor mir, mir kam mein Vater ins Gedächtnis. Fast zwei Jahre lang hatte er im Pflegeheim gelegen, bevor er verstarb. Sie hatten beide nicht erlebt, wie ich meinen Mann kennenlernte und heiratete. Und meine Kinder hatten ihre Großeltern nie kennengelernt.

Vor meinem geistigen Auge tauchte eine grauhaarige alte Frau auf, dann ein knallroter Rucksack. Ganz automatisch huschte ein Lächeln über mein Gesicht. Was war aus ihr geworden? Ich hatte sie nach dem Tag im Stadtpark noch zwei Mal gesehen, aber dann war sie wie vom Erdboden verschwunden und ich hatte sie kein weiteres Mal getroffen. Ein paar Leute aus der Stadt hatten sie noch hier und da gesehen, aber keiner von ihnen wusste, wo sie herkam und wo sie damals wohnte.

Mir wurde in dem Moment noch einmal bewusst, was ich ihr alles zu verdanken hatte, und plötzlich liefen mir Tränen über die Wangen. Eine ganze Weile saß ich still da und weinte. Ich trank noch einen Tee, aber dann machte ich mich an die Arbeit. Wenn die Kinder zur Schule waren, ging ich üblicherweise in die Praxis, in der ich vormittags arbeitete. Normalerweise kochte ich mittags für die Kinder, wenn sie von der Schule kamen, heute jedoch nicht. Es waren Ferien und die beiden waren für zwei Tage bei meinen Schwiegereltern. Ich nutzte deshalb die kinderfreie Zeit und hatte mich mit meiner Freundin Leni verabredet.

Leni und ich waren schon seit Schulzeiten befreundet. Zwar hatten wir uns in den letzten Jahren wenig gesehen, aber nie den Kontakt verloren.

Vor einem Jahr hatte ihr Mann sie verlassen und es ging ihr dementsprechend lange Zeit nicht besonders gut. Inzwischen hatte sie sich mit ihren beiden Kindern in ihrer neuen Wohnung eingelebt und sie blühte wieder auf. Leni und ich hatten vereinbart, uns zum Mittagessen im »Birds« zu treffen. Das »Birds« war ein kleines Bistro am Strand. Ich freute mich schon, sie wiederzusehen.

Bestimmt gab es auch diesmal viel zu klönen und zu berichten.

Als ich ankam, saß sie schon an einem runden Tisch am Ende der Terrasse. Es war ein schöner sonniger Tag, sodass wir gemütlich draußen sitzen konnten. Wir begrüßten uns herzlich und nahmen uns dabei wie immer in die Arme. Es war gut, sie zu sehen, und besonders gut, sie wieder so strahlend zu erleben.

Das »Birds« hatte es schon immer gegeben, zumindest solange ich zurückdenken konnte. Bereits als Jugendliche hatten wir hier öfter mal gesessen und uns mit Freunden getroffen. Es war zwar frisch renoviert, aber im Großen und Ganzen sah es immer noch so aus wie damals.

Zunächst sprachen wir über unsere Kinder, die sich untereinander ebenfalls kannten, weil sie fast im gleichen Alter waren. Leni erzählte von den Aktivitäten in der Schule, von dem bevorstehenden Geburtstag ihrer Tochter und von einem Konzert, das sie kürzlich besucht hatte.

Während des Essens fragte sie mich: »Ilona, kennst du Hamanyalas?«

Ich stutzte. Nein, davon hatte ich noch nie gehört. »Ist das was zu essen?«, fragte ich. »Nie gehört, was ist das?«

Leni zögerte einen Moment, dann sprach sie weiter: »Also halte mich jetzt bitte nicht für verrückt. Ich habe da im letzten Jahr so eine Frau kennengelernt. Das erste Mal traf ich sie an dem Tag, als Markus mir morgens erzählt hatte, dass er sich von mir trennen würde. Und dann habe ich sie kürzlich wiedergesehen. Sie hat mir von den zehn Hamanyalas erzählt. Nein, falsch, sie hat mir von drei von zehn Hamanyalas erzählt. Das sollen besondere Hölzer aus einem fremden Land sein. Ich weiß aber nicht, aus welchem. Und die haben eine besondere Bedeutung. Sie sagte, dass man ganz automatisch ein glückliches und zufriedenes Leben hätte, wenn man das, was die Hölzer bedeuten, in sein Leben integriert.«

Ich hörte aufmerksam zu und ließ nur ein kurzes »Aha« verlauten.

Nach einer kleinen Pause sagte Leni: »Ilona, also die Frau, die war schon ein wenig merkwürdig. Etwas sonderbar, aber total lieb und nett. Außer ihrem Namen weiß ich allerdings nichts von ihr. Na ja, sie hat mir halt von diesen Hamanyalas erzählt, besser, wie schon gesagt, von drei von ihnen. Und nun bin ich so gespannt, was es mit den anderen sieben auf sich hat, aber ich kann die Frau nicht wiederfinden. Das ist sehr schade.«

Ich wurde neugierig. »Und was sind das genau, diese Hamanyalas?«

Leni ließ den Blick über die Terrasse schweifen und begann dann zu erzählen: »Das erste Hamanyala, von dem sie erzählt hat, bedeutet: Lerne deine Sehnsüchte, Leidenschaften und Träume kennen und integriere sie in dein Leben. Klingt gut, oder?«

Ja, das klang gut. Ich nickte.

»Das zweite besagt, dass wir authentisch und immer ehrlich sein sollen. Die alte Frau betonte vor allem, dass wir all dies zu uns selbst sein sollen. Und schließlich das dritte Hamanyala sagt aus, dass jeder von uns Menschen ein Original ist. Wir müssen das nur erkennen, besonders wie einzigartig und liebenswert wir sind.«

Ich sah Leni an, dass sie sich in ihren Gedanken verlor, und wartete einen Augenblick, um sie nicht zu unterbrechen. Als sie dann nichts mehr sagte, fragte ich: »Und? Weiter?«

Sie machte ein trauriges Gesicht und meinte: »Weiß ich nicht, ich bin der Frau noch nicht wieder begegnet. Dabei bin ich so neugierig. Kannst du das verstehen?«

»Oh ja, denn mir geht es gerade genauso wie dir. Erzähl mir gerne davon, wenn du die Frau das nächste Mal gesehen hast. Denn jetzt hast du mich ebenfalls neugierig gemacht.«

Durch den Kellner, der den Tisch abräumte und sich erkundigte, ob wir noch etwas trinken wollten, unterbrochen, kamen wir zu einem anderen Thema und sprachen über Lenis Arbeit.

Sie war im Grunde nicht unzufrieden an ihrem Arbeitsplatz, aber irgendwie erfüllte es sie auch nicht, den ganzen Tag am Schreibtisch zu sitzen. Deshalb überlegte sie, ob sie neu anfangen und eine Ausbildung zur Konditorin machen sollte. Als sie mich fragte, wie ich darüber dachte, strahlten ihre Augen wie leuchtende Sterne. Sie schwärmte mir vor, wie sie es liebte, die schönsten Kuchen zu zaubern. Wie sehr es sie erfüllte. Als ich in ihr Gesicht sah, hatte auch ich keine Zweifel daran. Und ihre Kuchen waren schon immer etwas ganz Besonderes gewesen – auch ohne Konditorenausbildung. Mir lief das Wasser im Mund zusammen, als ich an Lenis Orangencremetorte dachte. Die war einfach einmalig. Und so köstlich!

Wir saßen noch fast eine Stunde zusammen, bevor wir aufstanden und zum Strand gingen. Während wir barfuß am Ufer entlangschlenderten, sprachen wir noch mal über die Hamanyalas. Leni erzählte mir, was sie mit ihr gemacht hatten und wie sich dadurch so vieles für sie auch heute noch veränderte. Vor allem wie positiv sich alles gewandelt hatte, nachdem ihr bisheriges Leben wie ein Kartenhaus zusammengebrochen war. Sie schwärmte regelrecht davon, wie gut es ihr tat, mehr und mehr sich selbst treu zu bleiben und ihren eigenen inneren Herzenswünschen zu folgen.

Es war spannend, ihren Erzählungen zu lauschen, und gleichzeitig sehr interessant. So wurde es ein wirklich schöner Tag mit meiner Freundin, den wir beide sehr genossen, bis wir uns nach Stunden voneinander trennten und jeder zu sich nach Hause fuhr.

Sprachen der Liebe

»Heute ist absolut nicht mein Tag«, stöhnte Lisa, vergrub ihren Kopf in den Händen und ließ ihn auf den Schreibtisch sinken.

Leni, die ihr gegenübersaß, blickte auf. »Was ist denn los, Lisa? War das gerade Paul am Telefon?«

Ja, es war Paul gewesen. Schon seit einiger Zeit gab es immer wieder Auseinandersetzungen zwischen Lisa und ihrem Freund. Sie konnte es ihm einfach nicht recht machen. Dabei tat sie alles für ihn, und trotzdem hatte er immer wieder etwas an ihr auszusetzen. Und nun hatte er ihr gerade am Telefon gesagt, dass er nicht glaube, dass sie ihn noch liebe. Wie kommt er nur darauf?, fragte sie sich. Tränen schossen ihr in die Augen. Zu Leni gewandt sagte sie: »Jeden Morgen bereite ich ihm sein Frühstück. Stehe extra eine halbe Stunde früher auf. Ich kaufe ein, was wir zum Leben brauchen, bügle seine Hemden und versorge unsere Katze. Gerade neulich habe ich uns den Garten so schön gemacht, neue Blumen und Sträucher gepflanzt. Und er behauptet, ich würde ihn nicht lieben. Wie kommt er nur darauf? Paul meint, wir müssen reden.« Nach einer kurzen Pause fuhr sie fort: »Ich glaube, er will ausziehen, vielleicht hat er auch eine andere.« Bei den letzten Worten schossen ihr erneut Tränen in die Augen. Die Verzweiflung war ihr anzuhören. »Was mach ich nur falsch, Leni? Wie soll ich ihm meine Liebe denn noch zeigen?«

Leni reichte Lisa ein Taschentuch, wusste aber nicht, was sie ihrer Kollegin raten sollte.

»Zum Glück ist gleich Feierabend. Paul möchte, dass ich ins Amadeus, in die kleine Pizzeria in der Reichenstraße, komme. Er will sich mit mir auf neutralem Boden unterhalten, sagt er. Ich habe richtig Angst vor dem Gespräch, Leni. Was ist, wenn er mich verlassen will?«

Leni ging um den Schreibtisch herum und nahm Lisa kurz in den Arm und drückte sie. Sie suchte nach beruhigenden, tröstenden Worten und überlegte, wie sie ihrer Kollegin und Freundin helfen konnte, aber ihr fiel nichts Passendes ein. »Komm, meine Liebe, mach Feierabend, ich schaffe den Rest auch allein. Fahre du in aller Ruhe rüber. Es wird sicher alles gut werden, ihr liebt euch doch.«

Lisa versuchte zu lächeln, was ihr aber nicht sonderlich gut gelang. Sie war dankbar für Lenis Angebot, denn sie konnte sich sowieso nicht mehr konzentrieren, packte langsam ihre Sachen zusammen und fuhr ihren Rechner runter.

Während sie noch einmal zur Toilette ging, spürte sie, wie sie immer stärkere Kopfschmerzen bekam. Die Gedanken kreisten in ihrem Kopf. Sie war mit Paul jetzt seit mehr als zehn Jahren zusammen und sie liebte ihn immer noch. Warum verstand er es nur nicht? Sie zeigte es ihm doch bei jeder sich bietenden Gelegenheit. In letzter Zeit aber war es immer wieder zu Diskussionen und Auseinandersetzungen gekommen. Paul hatte ihr vorgeworfen, sie würde zu viel arbeiten. Aber das tat sie doch nur, damit sie die Raten für das Haus, das sie vor zwei Jahren gekauft hatten, abbezahlen konnten. Trotzdem schaffte sie es, den Haushalt immer auf Vordermann zu bringen.

Erschrocken sah sie im Spiegel, wie verquollen ihre Augen vom Weinen waren, und versuchte, die Spuren mit Kajal, Make-up und Rouge zu verstecken. Als sie mit dem Ergebnis einigermaßen zufrieden war, ging sie langsam, fast schleichend zu ihrem Auto. Nachdem sie sich angeschnallt hatte, kamen ihr neue Tränen der Verzweiflung. Angst und Panik machten sich in ihr breit. Was sollte sie nur tun, wie konnte sie ihre Beziehung retten? Sie waren doch immer so glücklich gewesen.

Traurig trocknete sie die Tränen und startete ihren kleinen Polo. Sie hatte noch etwas Zeit bis zur Verabredung mit Paul. Deshalb beschloss sie, nicht direkt über die Autobahn, sondern über die Landstraße zu fahren. Es dämmerte bereits. Am Waldrand entlang und durch einige Alleen zu fahren, würde ihr guttun, dachte sie. Also bog sie heute rechts und nicht wie üblich links in die Kreuzerstraße ein und fuhr in Richtung Landstraße. Sie fuhr am Hammelsberger Wald entlang und in Gedanken versunken weiter Richtung Quelsheim. Da sie sich hier gut auskannte, bog sie nach einiger Zeit in eine schmale

Straße ein, die an den Wiesenberger Seen vorbeiführte. Die Straße war leer, denn um diese Zeit kamen hier kaum Autos vorbei. Zudem kannten diesen Weg nur die Einheimischen.

Nach ein paar Kilometern sah sie am Straßenrand eine Frau sitzen und stutzte. Es war kein Auto weit und breit zu sehen, und um diese Zeit fuhr hier auch kein Bus entlang. Sie nahm den Fuß vom Gaspedal, um etwas langsamer zu fahren. Als sie näher kam, erkannte sie eine alte, grauhaarige Frau und hielt kurz entschlossen vor ihr an, kurbelte das Fenster auf der Beifahrerseite herunter und fragte: »Kann ich Ihnen helfen?«

Die alte Frau, die im Schneidersitz auf einem etwas größeren Stein am Straßenrand saß, stand auf und trat an das Auto heran. »Oh, ja, wohin fahren Sie? Ich habe gleich eine Verabredung mit einem Freund in der Stadt.«

Lisa überlegte kurz, ob sie sich gerade in eine gefährliche Situation begab, aber die Frau wirkte friedlich und vertrauenswürdig. »Ich fahre zufällig in die Stadt und könnte Sie mitnehmen. Wo müssen Sie denn hin?«

Die alte Frau sah sie erfreut an und meinte: »Ich treffe mich mit einem Freund im Amadeus. Das ist eine Pizzeria in Quelsheim, aber Sie können mich auch einfach irgendwo im Ort rauslassen. Ich bin übrigens Samira.« Sie streckte Lisa ihre rechte Hand entgegen.

»Das passt gut, genau dahin muss ich auch. Steigen Sie gerne ein, dann nehme ich Sie mit.«

Als die alte Frau zu ihr in den Wagen stieg, war Lisa für einen Moment etwas mulmig zumute, aber das merkwürdige Gefühl verschwand auch genauso schnell, wie es gekommen war. Diese Samira war ihr sympathisch und wirkte keineswegs bedrohlich. Als sie sah, dass sie einen leuchtend roten Rucksack bei sich trug, musste sie sogar schmunzeln.

Nach wenigen Kilometern parkten sie vor dem Restaurant. Die alte Frau bedankte sich fürs Mitnehmen und ging vor Lisa durch den Eingang ins Lokal.

Schon von Weitem sah Lisa Paul an einem Tisch am Fenster sitzen. Ihr Herz klopfte, sie war fast so aufgeregt wie bei ihrem ersten Treffen. Fast am Tisch angekommen, sah sie, wie ihre Mitfahrerin direkt auf Paul zusteuerte und ihn herzlich begrüßte.

Lisa hörte zwar nicht, was die Grauhaarige zu Paul sagte, fragte sich aber, woher Paul sie kannte. Sie selbst hatte sie noch nie zuvor gesehen und konnte sich auch nicht erinnern, dass Paul mal etwas erwähnt hätte. Lisa wusste nicht so recht, was sie von der Situation halten sollte. Wieso brachte Paul jemanden mit zu ihrer Verabredung? Hatte sie doch geglaubt, es ginge heute um sie beide und sie würden allein sein. Wut stieg in ihr hoch und es fiel ihr schwer, ruhig zu bleiben und nichts zu sagen. Was geht hier vor sich?, dachte sie, als die alte Frau sich einen Stuhl nahm und ihn an den Tisch rückte.

Auf einmal stand Paul auf, kam auf Lisa zu, schaute ihr ernst ins Gesicht und begrüßte sie mit einem Kuss. Auch er schien sich unwohl zu fühlen, wirkte unsicher und verwirrt.

»Gibt es heute etwas Besonderes zu essen?«, fragte Samira und schaute abwechselnd erst Lisa und dann Paul an.

Paul, der im ersten Moment nicht wusste, was er sagen sollte, antwortete nur kurz: »Also, ich weiß nicht. Es gibt hier heute frischen Seelachs, habe ich gerade gelesen.« Was soll das hier werden?, fragte er sich schließlich. Warum bringt Lisa eine Freundin mit? Und wer ist diese Frau? Ich habe sie noch nie gesehen. Da die Situation zwischen ihm und Lisa sowieso schon angespannt war, wollte er jetzt nichts sagen und reichte Samira höflich die Speisekarte.

»Trinken wir einen Wein zusammen? Was meint ihr?« Samira blätterte durch die Karte.

Lisa und Paul schauten sich fragend an, aber keiner von beiden sagte ein Wort. Bis Paul nach längerem Zögern meinte: »Warum nicht.«

Dann entstand ein erneutes Schweigen, das aber schon nach kurzer Zeit durch den Kellner unterbrochen wurde, der ihre Bestellung aufnehmen wollte.

Samira bestellte den Seelachs, von dem Paul gesprochen hatte. »Lisa, Pizza Margheritha wie üblich?«, fragte er mit Blick in Lisas Richtung.

Lisa wusste nicht, ob sie wütend sein sollte und was das alles zu bedeuten hatte. Aber sie versuchte zu lächeln, machte gute Miene zum gefühlt bösen Spiel, nickte und sagte kurz und knapp: »Ja, mein Schatz.« Ein sarkastischer Unterton war dabei nicht zu überhören.

So oft waren sie in all den Jahren schon hier gewesen. Beide liebten sie die schlichte und legere Atmosphäre und die italienische Küche. Man kannte sie inzwischen und begrüßte sie mit Namen. Immer hatten sie sich in diesem Lokal wohlgefühlt. Aber heute war es ganz anders.

Nachdem der Kellner ihre Bestellung aufgenommen hatte, trat wieder ein unangenehmes Schweigen ein, dem Samira aber schon bald ein Ende setzte. »Lieber Paul«, fing sie an, »sage mal, woran erkennst du, dass du von einer Frau geliebt wirst?«

Paul wurde erst blass und dann rot im Gesicht. Er spürte, wie Wut und Ärger in ihm hochstiegen, und er fragte sich: Was soll denn diese blöde Frage? Was wird das hier, was soll das? Nach außen versuchte er ganz ruhig zu wirken, wollte jetzt nicht unfreundlich sein. Dies war nicht der Ort, an dem man sich lautstarke Auseinandersetzungen lieferte. Um Zeit zum Nachdenken zu gewinnen, wiederholte er die Frage, die Samira ihm gestellt hatte: »Woran ich erkenne, dass eine Frau mich liebt?« Unsicher wanderte sein Blick zwischen Lisa und Samira hin und her. Er dachte kurz nach und sagte dann: »Daran, dass eine Frau Zeit mit mir verbringt, dass sie sich für mich interessiert und gerne mit mir zusammen ist.«

Lisa sah ihn irritiert an. Sollte sie jetzt wütend auf den Tisch hauen? Etwas schroff sagte sie: »Ich arbeite doch nur deshalb so viel, damit wir uns unser Haus leisten können.«

Samira schmunzelte, was Paul und Lisa noch wütender zu machen schien. Nachdem ein paar Sekunden verstrichen waren, sagte sie zu Paul gewandt: »Lisa liebt dich, das weiß ich, Paul.«

Paul schaute erst Lisa, dann Samira an. Sein Blick wirkte ungläubig. »Und warum zeigt sie es mir nicht?«, kam es ihm spontan über die Lippen.

Samira sah ihn mitfühlend an und sprach mit ruhiger Stimme: »Vielleicht weil sie eine andere Liebessprache spricht als du? Vielleicht hat sie sich eure Beziehung noch nie aus deiner Perspektive angesehen. Die Liebe hat schließlich verschiedene Sprachen.« Dann wandte sie sich an Lisa und fragte: »Wann merkst du, dass ein Mann dich liebt, Lisa?«

Auch wenn ihr das alles hier spanisch vorkam, wollte Lisa auf keinen Fall unhöflich sein. Sie liebte Paul, das wusste sie. Aber warum er das nicht verstand, wollte einfach nicht in ihrem Kopf. Sie ließ den Blick auf die Tischdecke sinken, überlegte kurz und antwortete: »Wenn er etwas für mich tut, wenn er mich unterstützt, mir hilft. Wenn er zum Beispiel im Garten auch mal das

Unkraut zieht oder die Hecken schneidet. Aber ich muss alles immer allein machen. Am Anfang unserer Beziehung haben wir den Garten noch gemeinsam versorgt. Oder er hat für mich gekocht. Er hat mir Blumen mitgebracht. All das tut er schon lange nicht mehr.« Nachdem sie einmal angefangen hatte, redete sie sich jetzt regelrecht in Rage.

Und wäre nicht der Kellner mit dem Essen gekommen, wäre sie womöglich auch noch laut geworden. Aber so wurde sie in ihrem Wortschwall ausgebremst und alle lenkten ihre Aufmerksamkeit auf die servierten Speisen.

Stumm begannen sie zu essen. Vorwurfsvolle Blicke flogen zwischen Paul und Lisa hin und her, denen Samira keine Aufmerksamkeit schenkte. Sie konzentrierte sich ganz auf ihr Essen und schien es mit vollem Bewusstsein zu genießen.

In Pauls Kopf fing es an zu arbeiten. Er dachte über das Gesagte nach. Aus dem Blickwinkel hatte er seine Beziehung noch nie betrachtet. Schweigend aß er weiter.

Auch Lisa ließ im Geiste Samiras Fragen und Pauls Antworten Revue passieren.

Als die drei mit dem Essen fertig waren, legte Samira ihre Serviette an die Seite und sagte: »Wisst ihr, manchmal muss man einfach die Perspektive wechseln und eine Situation durch die Augen eines anderen betrachten. Dann versteht man viel leichter, was gerade passiert, und entwickelt dadurch ein gewisses Verständnis. Man versteht also. Das ist nicht immer leicht, aber doch so wichtig. Besonders wenn man einander liebt. Denn die Liebe hat viele Sprachen, und manchmal sprechen Partner unterschiedliche Sprachen der Liebe. Mit dem Wechsel der Perspektive jedoch lernt man die Liebessprache des anderen verstehen.« Sie holte kurz Luft und fuhr dann fort: »Es gibt Menschen, die sind wie Katzen. Sie haben das Gefühl, dass es ein Zeichen von Liebe ist, wenn der Partner ihnen Zärtlichkeiten und Streicheleinheiten zukommen lässt. Kuscheln ist für sie ein Liebesbeweis. Wie ich aus deinen Worten heraushöre, Paul, bedeutet Liebe aber auch etwas anderes, nämlich dass man Zeit miteinander verbringt.«

Dann wendete sie sich Lisa zu. »Und du, junge Frau, aus deiner Perspektive bedeutet Liebe, etwas für den anderen zu tun. Und so unterschiedlich, wie ihr seid, so gibt es noch viele weitere Sprachen in der Liebe. Wenn ihr lernt, die Sprache des anderen zu verstehen, wenn ihr einander durch die Augen des anderen anseht, also die Perspektive wechselt, dann werdet ihr schon bald feststellen, wie sehr ihr euch liebt. Dann heißt es nur noch, auf die spezielle Sprache des anderen einzugehen.« Samira lächelte den beiden zu und zwinkerte.

»Ihr Lieben, es war schön, mit euch heute zu speisen. Aber nun muss ich leider los. Ich wünsche euch noch einen schönen gemeinsamen Abend.« Während sie die letzten Worten aussprach, stand sie auf, zog ihren Rucksack unter dem Tisch hervor und sagte: »Ich bezahle am Tresen. Lasst es euch gut gehen.«

Paul und Lisa schauten sich verdutzt an, waren aber beide zunächst sprachlos.

Als Lisa ihre Sprache wiederfand, war Samira schon ein paar Schritte in Richtung Tresen gegangen und verschwand im nächsten Moment um die Ecke. Sie richtete ihren Blick auf Paul und fragte: »Wer war das?«

Paul machte große Augen. »Das wollte ich dich auch gerade fragen.«

Durch die Augen des anderen

Fröhlich, erschöpft und frisch geduscht packte Leni ihre Sportsachen in die Tasche. Sie hatte im Sportclub eine Stunde Zumba gemacht. Die Bewegung und die Musik taten ihr gut. Anschließend war sie in die Sauna gegangen, und nun fühlte sie sich rundum wohl. Bisher war es ein sehr schöner Tag gewesen. Bei der Arbeit hatte man sie gelobt und ihr gesagt, wie zufrieden man mit ihr sei. Sie dachte kurz darüber nach, wie es ihrer Kollegin Lisa wohl gerade erging, und hoffte für sie, dass das Treffen mit ihrem Freund gut verlief. Mit einem Lächeln gab sie den Schlüssel für den Garderobenschrank am Tresen ab und machte sich beschwingt auf den Heimweg.

Der Weg von ihrer Wohnung zum Sportclub war nicht weit, sodass sie beschlossen hatte, zu Fuß zu gehen. Es war inzwischen dunkel und der Himmel klar. Leni konnte die Sterne leuchten sehen und fühlte sich rundum wohl. Als sie um die nächste Ecke bog, sah sie, wie eine Person, die gerade aus der Pizzeria vor ihr kam, in die gleiche Richtung lief. Sie konnte die Person nicht erkennen, aber sie sah im Licht der Straßenlaterne, dass sie einen roten Rucksack auf dem Rücken trug. Leni stockte kurz der Atem, dann stieß sie ein lautes »Samira?« hervor. Die Person drehte sich um und Leni schaute in zwei strahlende Augen.

»Leni!«, kam es erfreut aus dem Mund der alten Frau und sie lächelte über das ganze Gesicht. »Junge Frau, wie schön, dich zu sehen. Wie geht es dir?«

Leni konnte nicht anders, als das Lächeln zu erwidern und die Gauhaarige zur Begrüßung in den Arm zu nehmen. »Hallo Samira. Oh Mann, ja, schön, dich auch zu sehen. Ich weiß gar nicht, was ich sagen soll. Ich freue mich so, dich hier zu treffen.« Sie sprach ohne Punkt und Komma und ohne auch nur einmal Luft zu holen.

Samira grinste über beide Wangen. »Na, du hast ja Energie. Bitte erdrücke mich nicht.« Jetzt lachte sie lauthals.

»Entschuldige bitte, ich bin einfach nur froh.«

Dann standen sie sich gegenüber und für ein paar Sekunden sagte keine von beiden ein Wort. Sie standen nur da, schauten sich in die Augen und grinsten.

Plötzlich und ohne groß nachzudenken fragte Leni: »Samira, hast du Zeit und Lust, mit zu mir zu kommen und mit mir einen Tee zu trinken? Ich mache uns auch gerne ein Brot und einen Salat.«

Samira reagierte nicht sofort, aber dann nickte sie. »Ja, ein Tee wäre schön. Ich hatte zwar gerade leckeren Seelachs, aber ich leiste dir trotzdem gerne Gesellschaft, wenn du einen Salat essen möchtest.«

Leni hüpfte wie ein Kind kurz in die Luft und jubelte: »Oh wie schön! Ich wohne übrigens nur zwei Straßen weiter.«

Und so zogen die beiden los. Unterwegs berichtete Leni von ihrem tollen Tag. Nachdem sie wenig später ihre Haustür aufgeschlossen hatte, ließ sie Samira eintreten. Ganz kurz kam ihr der Gedanke: »Ich lasse hier gerade eine wildfremde Frau in mein Haus.« Aber gleich danach: »Na ja, so fremd ist sie mir ja nun auch nicht mehr.« Merkwürdigerweise beunruhigte sie das kein Stück. Ganz im Gegenteil, es kam ihr vor, als habe sie Besuch von einer guten alten Freundin. Sie konnte es sich nicht erklären, aber es fühlte sich einfach vertraut und richtig an.

Während Leni in der offenen Küche das Wasser für den Tee aufsetzte, nahm Samira auf dem Sofa Platz und betrachtete ein Foto, auf dem zwei Kinder ausgelassen im Wasser planschten.

»Das sind meine Kinder Katrin und Malte«, erklärte Leni und stellte ein Tablett mit einer dampfenden Teekanne und zwei Tassen auf den Couchtisch, »aber das Bild ist schon etwas älter. Inzwischen sind die beiden fünfzehn und siebzehn Jahre alt. Sie sind gerade für ein paar Tage bei ihrem Großeltern zu Besuch.« Nachdem sie ebenfalls Platz genommen hatte, fing Leni an zu erzählen, was seit ihrem Treffen am Strand geschehen war. Wie sehr sie darüber nachgedacht hatte, warum und weshalb sie ein Original war, und was diese Gedanken mit ihr gemacht hatten. Ihre Augen strahlten, während sie sprach. »Samira, du glaubst gar nicht, wie sehr deine

Worte mich und mein Leben verändern. Ich bin dem Schicksal so dankbar, dass wir uns getroffen haben.«

Samira schien berührt von ihren Worten, und es sah fast aus, als würde sie gleich vor Rührung in Tränen ausbrechen. Aber sie sagte nur: »Es ist schön zu hören, dass ich etwas in dir bewegen konnte, und das in positiver Hinsicht.«

Während Leni Tee in die Tassen goss, konnte sie nicht mehr an sich halten und platzte direkt heraus: »Und welche sind die übrigen sieben Hamanyalas? Ich bin so neugierig, kann es schon gar nicht mehr abwarten, von ihnen zu hören.« Sie grinste: »Siehst du, Samira, nun habe ich es mir gemerkt: Haaamaaanyaaalaaas.« Sie zog die einzelnen Silben in die Länge und war stolz auf sich.

Samira war sichtlich erfreut über Lenis Interesse, wollte sie aber nun doch ein wenig bremsen. »Halt, junge Frau, ganz langsam. Eins nach dem anderen. Darf ich erst einmal einen Schluck von dem Tee probieren?« Auch sie grinste jetzt.

Lenis Ungeduld wuchs, als Samira völlig entspannt ihre Tasse in die Hand nahm und den Kräutertee probierte.

Nach einer für Leni gefühlten Ewigkeit konnte sie es nicht lassen, ihren Gast herauszufordern: »Komm schon, Samira, erzähl mir bitte vom vierten Hamanyala.«

Lachend erwiderte Samira: »Eine alte Frau ist doch kein D-Zug! Ich erzähle ja schon noch.« Behutsam stellte sie die Teetasse auf den Tisch. »Es ist lustig, denn ich habe gerade zwei Freunden von dem vierten Hamanyala berichtet. Es geht darum, aus der Perspektive eines anderen zu sehen und dadurch zu verstehen. Wir Menschen nehmen ja jede Situation aus unserer eigenen Perspektive wahr, mit all unseren eigenen Gefühlen und Empfindungen. Aber ein anderer schaut mit seinen Augen auf die Situation und nimmt sie aufgrund seiner persönlichen Umstände oft ganz anders wahr.

Du wirst es sicher kennen, wenn du deinen Kindern etwas sagst, was für dich ganz klar und eindeutig ist, dass sie manchmal deine Sichtweise nicht verstehen. Du nimmst eine Situation aus den Augen einer erwachsenen Frau wahr, aus den Augen einer Mutter, die sich vielleicht um ihre Kinder sorgt. Einer Frau, die all das erlebt hat, was du erlebt hast. Aber deine Kinder schauen aus ihren vielleicht noch unerfahrenen Teenageraugen und sehen die Situation ganz anders. Empfinden sie ganz anders.

Jeder hat sozusagen seine eigene persönliche Wahrheit und Wahrnehmung. In solchen Momenten sagt dir das vierte Hamanyala: Schaue aus der Perspektive des anderen – in dem Fall aus den Augen eines Teenagers, aus der Sicht deiner Kinder. Und plötzlich bekommst du eine viel breitere Sicht auf das Ganze. Erhältst eine neue Perspektive und entwickelst unter Umständen viel mehr Verständnis.« Samira machte eine Pause und widmete sich erneut ihrem Tee. Ihr war wichtig, dass Leni das Gesagte erst einmal in Ruhe aufnehmen und sacken lassen konnte.

»Das stimmt«, sagte Leni, »oft kann ich mein Gegenüber und seine Sichtweise einfach nicht verstehen. Im Augenblick geht es mir gerade so mit meinem Exmann. Immer wieder gibt es Streit, weil ich gerne feste Zeiten abmachen möchte, in denen die Kinder bei ihm sind. Und er meint, das sei nicht wichtig, sie könnten doch jederzeit zu ihm kommen. Es spontan entscheiden.« Sie holte tief Luft und fuhr dann fort. »Stimmt, da wäre es schön, wenn er meine Situation betrachten würde, dass ich nämlich oft im Voraus planen und meine Arbeitszeiten berücksichtigen muss.«

Eine kurze Pause entstand, in der Leni viele Gedanken kamen. Sie erinnerte sich an das letzte Gespräch mit ihrem Mann, bei dem sie beide am Ende wütend auseinandergegangen waren. In nachdenklichem, leisem Tonfall fügte sie noch hinzu: »Ja, und vielleicht wäre es hilfreich gewesen, wenn ich mich in seine Situation hineinversetzt hätte.«

Samira sagte nichts, nickte nur verständnisvoll und ließ Leni ihren Gedanken nachhängen.

Ein paar Tränen kullerten Leni aus den Augenwinkeln, aber sie ließ sie einfach fließen. Wie oft hatte sie es versäumt, eine angespannte Situation aus der Perspektive ihres Mannes zu betrachten? Viel zu oft, das wurde ihr jetzt klar.

Lange Zeit saß sie einfach nur da, in Gedanken versunken, und vergaß völlig, dass Samira bei ihr war. Aber Samira schien das nicht zu stören. Sie saß ganz entspannt auf dem Sofa, betrachtete sie mit dem ihr eigenen empathischen Blick und wartete, bis Leni weitersprach.

»Danke, Samira, für diesen Gedankenanstoß. Langsam verstehe und begreife ich, was du am Anfang gesagt hast, nämlich was die Hölzer – die Hamanyalas – mit uns Menschen machen. Danke!« Sie stand auf, ging auf die alte Frau zu, nahm sie einfach in den Arm und drückte sie. Drückte sie aber behutsam, nicht so stürmisch wie bei der Begrüßung.

Samira ließ es geschehen und streichelte Leni sanft über den Kopf, fast so, wie man es bei einem kleinen Kind macht, das gestürzt ist und sich das Knie aufgeschürft hat. Nach einer Weile löste Leni langsam die Arme und ließ sie los. »Junge Frau«, sagte Samira, »ich muss jetzt los. Du weißt, ich bin eine alte Frau und muss mich ausruhen und bald schlafen gehen. Begleitest du mich noch zur Tür?«

Nachdem sich Leni die Nase geputzt hatte, brachte sie Samira zu Tür und verabschiedete sie herzlich. Sie hakte diesmal nicht nach, wann sie sich wiedersehen würden, fragte nicht, wann sie von dem fünften Hamanyala hören würde. Sie wusste, dass sie darauf sowieso keine Antwort bekam. Sie wusste, sie musste warten, bis es sich ergab, dass sie Samira wieder traf.

Im Eiscafé

Zwei Wochen nachdem ich mich mit Leni im »Birds« getroffen hatte, musste ich plötzlich an ihre Erzählungen von den Hölzern und diesen Hamanyalas denken. Ich hatte davon noch nie gehört, aber das, was sie mir beschrieben hatte, hatte mich bewegt. Vor allem was sie mit ihr gemacht hatten, hatte mich beeindruckt.

Ich hatte meine Tochter zum Kieferorthopäden gebracht und saß nur ein paar Schritte entfernt in einem kleinen Eiscafé, um auf sie zu warten. Wir hatten verabredet, dass wir uns nach ihrem Termin hier treffen würden.

Während ich einen Milchshake trank, gingen mir einige Dinge durch den Kopf. Leni hatte von Herzensträumen gesprochen. Oder hatte sie »Herzenswünsche« oder »Sehnsüchte« gesagt? Egal. Ja, was waren eigentlich meine Sehnsüchte und Träume? Was weckte in mir die Leidenschaft? Ich hatte lange nicht mehr darüber nachgedacht. Seit mein Mann und ich Kinder hatten, also schon seit mehr als siebzehn Jahren, waren meine Träume etwas in den Hintergrund gerückt. Es war nicht viel Zeit für mich, meist drehte sich alles um die beiden Kleinen. Na ja, »klein« durfte ich nicht mehr sagen. Schließlich waren sie inzwischen fünfzehn und siebzehn Jahre alt. Ich dachte darüber nach, was ich eigentlich gerne noch mal tun oder sehen wollte. Einer meiner Wünsche war es schon seit Kindertagen, Gitarre zu spielen. Und ich wollte wieder wandern gehen. Da die Kinder das nicht so mochten, hatten wir es seit Jahren nicht mehr getan. Vielleicht sollte ich meinen Mann einmal darauf ansprechen. Wir hatten uns schon lange nicht mehr darüber unterhalten, was *wir* wollten. Meist war es um die Kinder oder die Arbeit gegangen. Ich fand, ich sollte ihn mal wieder zum Essen ausführen – ihn allein, ohne die Kinder. Ja, das werde ich tun, dachte ich in diesem Augenblick. Aber was waren sonst noch so die Dinge, die ich gerne sehen oder erleben wollte? Eine ganze Weile hing ich meinen Gedanken nach.

Als auf einmal meine Tochter auf mich zukam, schreckte ich kurz hoch, so vertieft war ich in meine Überlegungen. Ihr Lächeln holte mich aber schnell wieder in die Realität zurück und wir bestellten uns beide noch eine Portion Eis. Sie erzählte mir, wie es beim Kieferorthopäden gewesen war, und dann besprachen wir, was wir an diesem Tag kochen wollten. Lina half mir sehr gerne beim Kochen und kreierte immer ganz fantastische Gerichte. Das scheint eine ihrer Leidenschaften zu sein, überlegte ich.

Plötzlich fiel mein Blick auf etwas Rotes. Mein Blick musste wie erstarrt gewesen sein, denn Lina fragte mich ganz besorgt: »Alles okay, Mam?« Ich musste mich ein wenig zur Seite lehnen, um genauer hinschauen zu können. Tatsächlich hing ein roter Rucksack an der Garderobe. Nein, das kann nicht sein, kam mir in den Sinn.

Sofort sah ich Bilder von vor über dreiundzwanzig Jahren vor mir. Von dem Tag, an dem ich in meinem Leben keinen Sinn mehr gesehen hatte. Ich erinnerte mich an eine ganz besondere Begegnung am Bachlauf. Sofort tauchte ein faltiges, aber fröhliches Gesicht vor meinem geistigen Auge auf. Ich ließ meinen Blick über die Tische gleiten und hielt nach einer grauhaarigen alten, ja inzwischen wohl sehr alten Frau Ausschau. Ich hatte sie damals schon für sehr alt gehalten. War es möglich, dass sie noch lebte? Auf jeden Fall erinnerte ich mich sehr genau an ihren Rucksack. Es war haargenau der gleiche, der hier an der Garderobe hing, da war ich mir sicher. Ich hatte nie wieder einen Rucksack wie diesen gesehen. Einen so leuchtend roten gab es bestimmt kein zweites Mal. Zudem waren die Nähte und auch die Form außergewöhnlich und unverwechselbar. Ich glaubte mich an jedes Detail zu erinnern.

Ich konnte niemanden entdecken, der wie Samira aussah. Aber ich ließ den Rucksack nicht mehr aus meinem Blickfeld, wollte einfach wissen, wem er gehörte.

Lina fasste mir an den Arm und wiederholte: »Alles okay mit dir, Mam? Du bist so blass und starrst schon die ganze Zeit an die Garderobe.«

»Äh, ja, alles gut. Mir kamen nur gerade ein paar Erinnerungen aus meiner Kindheit hoch, an die Zeit, als ich so alt war wie du. Der Rucksack dort am Haken hat mich daran erinnert.«

Linas Blick folgte meinem und sie schmunzelte. »Hattest du früher auch so einen krassen Rucksack? Der ist ja cool!«

Nun musste ich in mich hineinlächeln. Lina stand zurzeit auf auffällige Taschen und Kleidung – Teenager halt.

Wir zahlten unser Eis, und dann erblickte ich sie. Tatsächlich, es war Samira. Sie sah noch genauso aus, wie ich sie in Erinnerung hatte. In all den Jahren schien sie kein Stück gealtert zu sein. Ich fragte mich, warum ich sie eben noch nicht gesehen hatte. Sie saß an dem Tisch direkt neben der Garderobe. Wie automatisiert stand ich auf und ging, ohne ein Wort zu Lina zu sagen, in ihre Richtung: »Samira?«, fragte ich kurz.

Ein breites Strahlen glitt über das Gesicht der alten Frau. »Ilona, oh wie schön, dich zu sehen.«

Ich stutzte, hatte damit gerechnet, dass ich ihr sagen müsste, wer ich war. Nie hätte ich erwartet, dass sie mich nach all den Jahren erkennen, geschweige denn sich überhaupt noch an mich erinnern würde.

»Lass dich in den Arm nehmen, junge Frau.« Sie stand auf, kam zu mir und drückte mich ganz herzlich in ihre Arme, fast so, als hätten wir uns erst kürzlich zuletzt gesehen und als wären wir die besten Freundinnen. Und es tat so gut! »Wie geht es dir?«, wollte Samira wissen. Ich fühlte sofort, dass es eine aufrichtige Frage war, keine

Floskel. Als ich allerdings anfing zu reden, schnitt sie mir das Wort ab. »Ach, du, Liebes, ich möchte nicht unhöflich sein, es interessiert mich wirklich, wie es dir geht, aber ich bin hier gerade mit Freunden am Eisessen. Was hältst du davon, wenn wir uns heute Abend treffen? Am gleichen Treffpunkt wie damals?« Sie zwinkerte mir zu. »Auf dem Stein am Bachlauf war es doch sehr gemütlich.«

Ich nickte nur kurz, konnte nichts weiter sagen. Irgendwie hatte es mir die Sprache verschlagen. »Neunzehn Uhr, junge Frau?« Ohne meine Antwort abzuwarten, ging Samira an ihren Tisch zurück. Nur ein knappes »Ja, bis später dann!« kam aus mir heraus, bevor ich mich verlegen umdrehte.

Lina hatte die ganze Zeit verdutzt hinter mir gestanden und fragte, sobald wir aus der Tür waren, neugierig: »Wer war das, Mam?«

Ich brauchte einen Moment, um mich zu sammeln, und dann erzählte ich Lina von damals. Von Samira und wie sie mein Leben gerettet hatte. Noch nie hatte ich mit Lina so offen über diese Zeit gesprochen. Wir redeten noch lange, selbst als wir schon zu Hause angekommen waren. Es war ein gutes Gespräch und Lina zeigte sich interessiert. Das tat mir sehr gut.

Wiedersehen am Bachlauf

Ich war ziemlich aufgeregt und nervös. Den ganzen Nachmittag konnte ich mich auf nichts mehr konzentrieren. Immer wieder hatte ich Samiras Gesicht vor Augen. Dachte an die Bücher, die sie mir damals aus der Bücherei mitgebracht hatte. Der Tag am Bachlauf lief bestimmt fünf Mal vor meinem inneren Auge ab. Wieder und wieder fragte ich mich, wie mein Leben verlaufen wäre, wenn sie seinerzeit nicht da gewesen wäre. Die Dankbarkeit, die ich in mir fühlte, war nicht in Worte zu fassen.

Als ich mich langsam fertig machte, um in meinen Heimatort, der nur wenige Kilometer entfernt war, zu fahren, blickte ich in den Spiegel. Ich sah müde und erschöpft aus. Ja, ich fühlte mich zurzeit tatsächlich ausgelaugt und schlapp. Während der letzten Wochen hatte ich viel um die Ohren gehabt. Neben dem Haushalt, meinen Kindern und meiner Teilzeittätigkeit kümmerte ich mich noch um die Organisation des Kinderfestes, das nächste Woche stattfinden sollte. Ich war Elternvertreterin und in dieser Sache viel unterwegs gewesen. Schließlich unterstützte ich auch den Sportverein meiner Kinder. All dies wollte ich so gut wie möglich machen. Nebenbei nähte ich gerade die Kostüme für das nächste Faschingsfest. Die Kinder hatten spezielle Wünsche, und die wollte ich ihnen gerne erfüllen. In unserem Nachbarort fand jedes Jahr eine Maskerade statt, an der mehr als fünftausend Jugendliche teilnahmen. Es war ein Highlight in unserer Gegend mit Livemusik und Party. All dies nahm den Großteil meiner Freizeit in Anspruch, und gerade gestern hatte ich noch bis nach Mitternacht an der Nähmaschine gesessen.

Nun merkte ich, wie erschöpft ich war. Dazu kam die Aufregung, dass ich Samira wiedersehen würde. Ich hatte zwar über die Jahre oft an sie gedacht, aber schon lange nicht mehr daran geglaubt, sie je wiederzusehen. Damals hatte ich sie überall gesucht, hatte alle Leute, die ich kannte, gefragt und sie bestimmt auch mit meinen Fragen genervt: ob sie Samira kannten und wo sie wohnte. Einigen war sie zwar bekannt gewesen, doch niemand hatte mir sagen können, wo sie lebte. Sie tauchte scheinbar immer mal wieder im Ort auf, aber niemand wusste mehr über sie als ihren Namen. Interessant war, dass aber jeder schon einmal ihren roten Rucksack gesehen hatte.

Mein Herz schlug mir bis zum Hals, als ich am Waldrand parkte. Hoffentlich fand ich die Stelle von damals wieder. Nachdem meine Tochter geboren war, so erinnerte ich mich, war ich einmal zu der Stelle am Bach gegangen. Ich hatte sie kaum wiederfinden können, weil sie zugewachsen war. Danach war ich nie wieder hier gewesen. Hoffentlich würde ich Samira heute finden. Ich folgte dem Trampelpfad und ging in die Richtung, in der ich die Stelle mit dem großen Stein vermutete. Alles sah irgendwie anders aus, kleiner als damals.

Ich war viel zu früh, aber ich wollte nicht riskieren, zu spät zu kommen und Samira zu verpassen. Ich schlug mich ein paarmal nach links und dann wieder nach rechts durch das Gestrüpp und brauchte eine ganz Weile, bis ich endlich an die Stelle kam, an der ich damals weinend gesessen hatte. Oh Mann, war ich nervös! Fast als würde ich zu einer Prüfung gehen.

Ich setzte mich auf den Stein, holte tief Luft und redete mir selbst zu, ganz ruhig zu werden. In Gedanken sprach ich beruhigende Worte auf mich ein, bis ich plötzlich erschrocken hochsprang.

»Warum so nervös, junge Frau? Ich bin doch kein Monster.« Samira stand auf einmal vor mir, lachte aus vollem Herzen und steckte mich gleich damit an.

Meine Anspannung verflog in Sekundenschnelle. Es tat gut, sie zu sehen.

»Du stehst da ja wie angewurzelt. Willst du deine alte Freundin nicht mal zur Begrüßung in die Arme schließen?«

Diese Aufforderung nahm mir das letzte bisschen Aufregung und wir umarmten uns herzlich. »Oh, Samira, ich habe dich damals überall gesucht, aber niemand wusste, wo du warst und wo du lebst. Ich wollte dich noch so viel fragen, dir so sehr danken und …« Abrupt hielt ich inne, denn Samira hob ihren rechten Zeigefinger an ihren

Mund, um mir zu signalisieren, dass ich schweigen möge.

»Ganz ruhig, junge Frau«, sagte sie in sanftem Ton und betont langsam. »Ganz ruhig, meine Kleine. Lass uns erst einmal hinsetzen. Der große Stein lädt doch geradezu ein, es sich auf ihm gemütlich zu machen und den Bachlauf zu genießen. Zeit, ein wenig zu schweigen und einfach dazusitzen.«

Wir setzen uns nebeneinander und ich starrte ihr ins Gesicht, ich konnte meinen Blick nicht von ihr wenden. Aber ich schwieg, so wie sie es wollte. Innerlich platzte ich zwar fast vor Ungeduld, aber ich blieb still und schaute sie einfach nur an. Sie sah nicht älter aus, als ich sie in Erinnerung hatte. Wenn sie, wie jetzt, lächelte, hatte sie fast eine jugendliche Ausstrahlung. So ähnlich hatte ich es damals auch empfunden. Wie alt sie wohl jetzt sein mochte?

Es verging einige Zeit, bis Samira das für mich inzwischen fast unerträgliche Schweigen brach. »Du bist früh hier, wir wollten uns doch erst um sieben treffen. Jetzt ist es gerade mal zwanzig vor sieben.« Ohne meine Reaktion abzuwarten, fuhr sie fort: »Wie geht es dir, junge Frau?«

Ich überlegte kurz, was ich ihr antworten sollte. Im Grunde ging es mir ja gut, nur dass ich in diesem Moment spürte, wie müde und erschöpft ich war. Regelrecht ausgelaugt war ich.

Bevor ich etwas erwidern konnte, fing Samira wieder an zu sprechen: »Du hast aber auch wirklich viel auf deinem Zettel.«

Ich horchte auf. Was war das? Hatte ich meine Gedanken gerade laut ausgesprochen?

Ich hatte keine Gelegenheit, darüber nachzudenken, denn Samira fuhr unbeirrt fort: »Hast du auch mal Zeit zum Luftholen? Zeit, um etwas für dich zu tun? Momente, um zu entspannen und Energie aufzuladen?« Sie schaute mir tief in die Augen.

Normalerweise hätte ich mich in einer solchen Situation unwohl und angegriffen gefühlt, aber in ihrer Gegenwart war es anders. Ihr Blick war so mitfühlend und liebevoll, dass er mir ein Gefühl von Geborgenheit vermittelte, fast so, als hätte meine Mutter mich angesehen.

Bei dem Gedanken an meine Mutter kamen mir plötzlich und unerwartet die Tränen. Ja ich fing hemmungslos an zu weinen und konnte nichts dagegen tun. Es überkam mich einfach. Samira reichte mir ein Taschentuch und legte von der Seite einen Arm um meine Schulter. Ich fühlte mich elend. Sehr lange hatte ich nicht mehr an meine Mutter gedacht, aber nun wurde ich durch Samira an sie erinnert. Die Tränen brachen so aus mir heraus und ich konnte das Schluchzen nicht aufhalten. Ich weiß nicht, wie lange ich so dasaß und weinte. Aber es tat gut und Samiras Anwesenheit wirkte beruhigend und tröstend auf mich.

Meine Mutter hatte mir all die Jahre so sehr gefehlt, und sie fehlte mir noch immer. Vielleicht, so überlegte ich, war ich deshalb so eine »Übermutter«, weil ich meinen Kindern das geben wollte, was mir damals gefehlt hatte.

Erst als nach langer Zeit meine Tränen versiegten, fing Samira erneut an zu sprechen. Es tat gut, ihre sanfte, warme Stimme zu hören. »Sie fehlt dir immer noch, richtig?«

Ich nickte nur. Musste nichts sagen. Ich hatte das untrügliche Gefühl, dass Samira mich auch ohne Worte verstand. Ihr Blick und ihre leichte Berührung waren eine Wohltat und genau das, was ich in diesem Augenblick brauchte.

»Deine Batterien sind fast leer«, erklärte sie. »Gehörst du zu den Frauen, die glauben, für alle und jeden da sein zu müssen? Jedem helfen zu wollen?«

Ihr mitfühlender Blick wirkte wie eine Beruhigungspille auf mich. Mein bis gerade eben noch innerlich durchgeschüttelter Körper wurde nach und nach immer ruhiger.

»Du kannst anderen aber nur helfen, wenn deine eigene Batterie aufgeladen ist. Wenn du selbst genügend Energie hast.« Schon nach zwei kurzen Atemzügen fuhr sie fort: »Kennst du das?« Sie zog ein verknöchertes Holzstück aus ihrem Rucksack.

»Ein Stück Holz!?«, sagte oder besser fragte ich.

Samira schmunzelte. »Das ist nicht einfach nur ein Stück Holz, junge Frau. Hast du mal etwas von den Hamanyalas gehört?«

Wie ein Blitz schoss mir Leni in den Kopf. »Ja, äh, nein, das heißt ja.«

Samira fing herzhaft an zu lachen. Normalerweise hätte ich mich jetzt wegen meines Stotterns ausgelacht und unwohl gefühlt. Aber in Samiras Gegenwart fühlte sich das anders an.

»Nein, also, meine Freundin hat mir gerade neulich davon erzählt. Aber vorher habe ich nie etwas von ihnen gehört und sie auch nie gesehen. Die haben eine Bedeutung, richtig?«

Der warmherzige Blick der alten Frau richtete sich auf das Holz. »Ja, genau, das ist absolut richtig. Da, wo ich herkomme und man diese außergewöhnlichen Hölzer findet, sagt man, dass sie alle eine Bedeutung haben. Und wenn man die wichtigsten zehn in sein Leben integriert, dann führt man ganz automatisch ein glückliches und zufriedenes Leben. Dieses Hamanyala, von dem ich dir erzählen möchte, bedeutet, um es mal in deiner Sprache zu sagen: Nur wenn deine eigenen Batterien mit Energie geladen sind, kannst du auch anderen Menschen eine Hilfe sein.«

»Kennst du meine Freundin Leni?«, fragte ich. »Ich glaube, sie hat mir von dir erzählt. Aber ich ahnte ja nicht, dass sie dich gemeint haben könnte, Samira.«

Die Grauhaarige nickte schmunzelnd. »Ja, ich kenne Leni, eine sehr liebenswerte Frau, deine Freundin aus Kinderzeiten.«

Ich stutzte. Woher wusste Samira, dass Leni und ich uns schon so lange kannten? Hatte meine Freundin ihr von uns erzählt? Warum hatte Leni denn neulich nichts gesagt?

Aber ich kam nicht dazu, weiter über diese Fragen nachzudenken, denn Samira riss mich aus meinen Gedanken. »Meinst du nicht, dass es mal wieder angebracht ist, deine Batterien zu laden, Zeit nur für dich zu haben? Oder möchtest du nicht den Menschen um dich herum – deiner Familie, deinen Freunden oder der Klasse, in der du Elternvertreterin bist – eine Hilfe sein?«

Ja klar wollte ich das. Aber bevor ich das aussprechen konnte, meinte Samira ergänzend: »Dann denke stets an das sechste Hamanyala.«

Ein Moment der Stille setzte ein. Mir kam das alles gerade wieder so skurril vor. Ich hatte schon fast vergessen, dass Samira manchmal Worte auch verstand, ohne dass sie ausgesprochen wurden. Diese Frau war wirklich sonderbar. Das war sie damals schon gewesen. Aber sie existierte, ich hatte sie gerade gefühlt, als sie ihren Arm um mich gelegt hatte.

»Sag mir bitte, wie ich das machen soll, Samira, mir Zeit für mich zu nehmen. Mein Tag hat auch nur vierundzwanzig Stunden. Und ich beeile mich doch schon immer so. Es ist einfach immer so viel zu tun, da ist am Ende des Tages keine Zeit übrig.«

Samira wirkte nachdenklich. Es dauerte eine Weile, bis sie auf meine Einwände reagierte. »Junge Frau, was nützt es deinen Liebsten, dass du alles für sie tust, wenn du am Ende des Tages umkippst? Hast du ihnen dann geholfen?« Sie sprach anscheinend ganz bewusst nicht weiter, sondern ließ mir Zeit, über ihre Fragen nachzudenken. »Was tust du alles so am Tag? Ist dir das eigentlich bewusst? Muss das alles sein?«

Wieder entstand Schweigen. Mir fehlten die Worte, Tausende von Gedanken kreisten in meinem Kopf, aber ich konnte sie nicht in Worte fassen. »Du musst darauf jetzt keine Antwort geben, aber vielleicht denkst du mal in Ruhe darüber nach. Manche Mütter schmieren ihren Sprösslingen noch ihre Brote, wenn sie schon erwachsen sind. Ob das gut ist? Ich weiß nicht. Manche Menschen meinen, sie müssten alles allein machen. Schon deshalb, weil es perfekt sein soll, sie trauen es anderen nicht zu, sie gut genug unterstützen zu können. Kennst du das auch?«

Oh, ja, mitten ins Schwarze getroffen! Ich erkannte mich voll und ganz in Samiras Worten wieder. »Tatsächlich schmiere ich noch jeden Morgen die Pausenbrote für alle«, gab ich zu. »Dabei ist meine Familie erwachsen genug, es selbst zu tun. Aber würden sie sich Brote schmieren, wenn ich es nicht täte? Die sind morgens oft so gestresst, dass sie es sicher vergessen würden. Und gesunde Ernährung ist doch wichtig, besonders im Wachstum.« Ich hielt kurz inne und sprach dann weiter. »Okay, und wenn ich an das anstehende Kinderfest denke: Ja, da erledige ich auch fast jeden Handgriff selbst. Schon um sicherzugehen, dass alles klappt und perfekt läuft.«

Kaum hatte ich meine Gedanken ausgesprochen, hörte ich Samira sagen: »Ja, von Perfektionismus spricht das zehnte Hamanyala. Es bedeutet: Sei unperfekt und erfreue dich an dem Unperfektionismus der anderen.«

Diese Frau war einfach unheimlich. Wer war sie eigentlich? Aber sie ließ mir wieder keine Zeit, darüber nachzudenken, sondern fragte mich: »Kennst du das Märchen von der afrikanischen Frau und dem gerissenen Krug?«

Ich schüttelte den Kopf und hörte ihr weiter zu.

»Die alte Afrikanerin ging jeden Tag von ihrer Hütte zum Brunnen, um Wasser zu holen. Sie hatte einen langen Stock, den sie auf der Schulter trug, und an jede Seite des Stockes hängte sie einen Krug, mit dem sie Wasser transportieren wollte, das sie und ihre Familie zum Leben brauchten. Jeden Tag ging sie den gleichen Weg durch die wüste Landschaft.

Einer der Krüge schämte sich täglich aufs Neue, weil er einen Riss hatte. Er war schon älter, und da war es nicht ungewöhnlich, dass so ein Krug mal einen Riss hatte. Aber für ihn war das außergewöhnlich schlimm. Jeden

Tag füllte die alte Afrikanerin beide Krüge am Brunnen voll mit Wasser, aber wenn sie die Hütte erreichten, befand sich in dem gerissenen Krug nur noch eine kleine Pfütze. Weil er sich so schämte, sagte er eines Tages zu der alten Afrikanerin: ›Ich tauge nichts, du musst mich wegschmeißen und mich durch einen neuen Krug ersetzen.‹ Die weise Frau lächelte ihn liebevoll an und meinte: ›Ich tausche dich nicht aus. Tu mir den Gefallen und schaue heute mal immer rechts von dir den Weg an.‹

Der Krug verstand zwar nicht, tat aber, worum er gebeten worden war. Den ganzen Weg zum Brunnen überlegte der Krug, was die alte Afrikanerin gemeint haben mochte, was er sehen würde. Er sah nämlich nur wüste und karge Landschaft. Was konnte sie nur gemeint haben, was er sehen sollte?, fragte er sich immer wieder. Am Brunnen angekommen, füllte die Frau wie gewohnt beide Krüge voll mit Wasser und machte sich auf den Rückweg. Und wieder sah der Krug mit dem Riss die ganze Zeit nur nach rechts. Schon bald war er sprachlos. Nie zuvor war ihm aufgefallen, dass auf dem Rückweg auf seiner Seite überall Blumen am Wegesrand wuchsen, schön und bunt.«

Samira hörte auf zu erzählen und schaute mich nur fragend an. »Siehst du, Unperfektionismus kann so schön sein.« Sie schwieg wieder für eine Weile. »Wenn du das nächste Mal alles perfekt haben musst, dann denke doch einfach an den Krug und das zehnte Hamanyala. Vielleicht geht es dir dann gleich viel besser. Und vielleicht saugt es dann auch noch automatisch weniger aus deiner Batterie?« Mit einem Schmunzeln drehte sie sich zum Wasser hin und schloss die Augen.

Ich spürte, dass Samira ein wenig in Ruhe gelassen werden wollte. Ich tat es ihr gleich, wandte mich ebenfalls dem Bachlauf zu und schaute ihn mir etwas genauer an. Und auf einmal registrierte ich, wie wenig perfekt ein solcher Bachlauf war. Und doch war er so schön! Meine Gedanken wanderten zu meiner Familie, dann wieder zu den Worten von Samira und zurück.

Es tat gut, hier zu sein, in der Natur, einfach das Dasein zu genießen und mal nichts zu tun. Ich wusste zwar, dass zu Hause ein riesiger Berg Bügelwäsche auf mich wartete, aber das störte mich überhaupt nicht. Das war sehr ungewöhnlich für mich. Doch ich genoss es, einfach hier zu sitzen, meinen Gedanken nachzuhängen und den natürlich Geräuschen des Wassers und der Vögel zu lauschen. Einfach nur bei mir zu sein. Für einen Moment vergaß ich, dass ich gar nicht allein war.

Dass Samira noch neben mir saß, registrierte ich erst, als sie plötzlich aufstand und sagte: »Ich gehe nun, junge Frau. Kann ich dich hier allein lassen, ohne dass du auf dumme Gedanken kommst?« Sie grinste mich von der Seite an.

Ich wusste genau, worauf sie anspielte. »Keine Sorge, Samira, ich bin glücklich und habe eine tolle Familie. Ich bleibe noch einen Moment hier in der Stille sitzen. Du kannst beruhigt gehen.«

Sie drückte mich herzlich und verschwand zügig im Dickicht.

Kurz dachte ich noch, ob es unhöflich gewesen war, sie allein gehen zu lassen. Hätte ich sie lieber bis zur Straße begleiten sollen? Aber dann glitt ein Schmunzeln über mein Gesicht und ich wusste, das hätte sie nicht gewollt. Keine Ahnung, warum ich das dachte, aber irgendwie war ich davon überzeugt.

Was mich aber dann doch noch stutzig machte und mich ins Grübeln brachte, war ihr alter Rucksack. Er sah immer noch so gut wie neu aus. In all den Jahren schien er nicht gelitten zu haben. Oder hatte sie ihn irgendwann einfach nur ausgetauscht?

Ich blieb noch eine Zeit lang auf dem Stein sitzen, bevor ich aufstand, um mich ebenfalls auf den Weg zu machen. Neben mir lag das Stück Holz, das Samira mir gezeigt hatte. Ich nahm es in die Hand und betrachtete es genauer.

Dabei sagte ich laut: »Hamanyala«, und umschloss es sacht mit meinen Händen. Dann drehte ich mich um und ging langsam zurück in Richtung Straße und fuhr nach Hause.

Ein Blick über die Komfortzone

Eine Woche war vergangen, seit ich Samira am Bachlauf wiedergesehen hatte. Noch am selben Abend hatte ich Leni angerufen, um ihr von dem Treffen zu berichten, vor allem davon, dass ich ihre nette Bekannte doch kannte. Ich erzählte ihr auch von den beiden Hamanyalas, denn ich wusste ja von unserem Treffen im »Birds«, wie neugierig und gespannt Leni darauf war, von ihnen zu erfahren.

Da wir an dem Abend beide nicht viel Zeit zum Reden gehabt hatten, hatten wir uns für heute verabredet, um zusammen im Wald zu walken. In einer halben Stunde wollten wir uns an der Bahnlinie treffen.

Während ich auf meinen Mann wartete, merkte ich, wie mein schlechtes Gewissen wieder in mir hochkam. Ich hatte Andreas gebeten, pünktlich Feierabend zu machen, damit ich genug Zeit hatte, vor Einbruch der Dunkelheit mit Leni eine Runde durch den Wald und um die Wiesenbeker Teiche zu laufen. Und nun wurde ich langsam unruhig, weil er noch nicht da war. Ich wusste zwar, dass meine Kinder auch ganz gut allein zurechtkamen, schließlich waren sie alt genug, trotzdem plagte mich mein Gewissen.

Stand es mir zu, mir die Zeit zu nehmen, um mit Leni in den Wald zu gehen? Ich wusste genau, wie gut es mir tun würde, in der Natur zu sein. Und dann auch noch mit Leni zu quatschen und mich zu bewegen. Aber eigentlich war gar keine Zeit dafür. Es gab noch so viel zu tun, so viel zu erledigen. Plötzlich tauchte vor meinem inneren Auge Samiras Gesicht auf. Hatte sie nicht gesagt, wie wichtig es sei, die eigene Batterie zu laden, wie sie es nannte? Auch ihre Worte über das Unperfektsein kamen mir in den Sinn. Sie hatte recht. Wenn ich die Kinderzimmer erst morgen statt heute durchsaugen würde, die Welt würde davon nicht untergehen.

Schon die ganze Woche über waren mir die Erzählungen über die Hamanyals immer wieder in den Kopf gekommen. Sowohl das, was Leni mir an dem Abend im »Birds« erzählt hatte, als auch Samiras Worte. Irgendwie schien sich in mir seit ein paar Tagen etwas zu verändern. Ich konnte es noch gar nicht so richtig in Worte fassen, aber ich spürte, dass es in mir brodelte.

»Egal«, beruhigte ich mich, zog mir meine Walkinghose an, nahm die Stöcke und machte mich auf den Weg. Andreas würde schon noch kommen und der Staub in den Zimmern würde auch nicht weglaufen.

In zügigen Schritten machte ich mich auf den Weg in Richtung Wald. Das Wetter war perfekt für einen Ausflug in die Natur. Die Sonne lachte und ein leichter Wind zog über die Wiesen.

Während ich über den schmalen Feldweg lief, kreisten meine Gedanken um mein aktuelles Leben. Es ging mir gut, aber irgendwie war es auch jeden Tag das Gleiche. Ein Tag schien dem nächsten ähnlich zu sein. Fast alles drehte sich um die Kinder und deren Schulklasse. An meinem Arbeitsplatz hatte ich auch nicht sonderlich viel Abwechslung. Seit mehr als zehn Jahren war ich nun in der gleichen Firma. Das gab mir ein Gefühl von Sicherheit, und da ich alle Abläufe bis ins Detail kannte, war ich eine schnelle und zuverlässige Mitarbeiterin. Aber irgendwie ist es auch alles langweilig geworden, dachte ich, als mich ganz überraschend ein Gefühl von Traurigkeit überkam. Was ist noch spannend in meinem Leben?, fragte ich mich.

Aber das Gefühl und die Gedanken hielten nicht lange an, denn als ich Leni von Weitem sah, zog wieder ein Lächeln über mein Gesicht. Es war immer gut, mit ihr zusammen zu sein. Sie tat mir einfach gut. Seit sie die schlimmste Phase ihrer Trennung hinter sich hatte, ging es ihr zunehmend besser. Sie war mit der Zeit immer fröhlicher geworden und ihre positive Ausstrahlung übertrug sich auch auf mich. Sie nahm mich lächelnd in die Arme und wir drückten uns kurz, aber innig.

»Schön, dass wir uns die Zeit jetzt genommen haben«, sagte ich.

Leni nickte und lächelte mich an.

»Wie geht es dir?«, fragte ich sie. Ich wollte das zwar gerne wissen, aber in diesem Augenblick war es wohl eher so, dass sie mich nicht fragen sollte, wie es mir ging.

Denn darauf wusste ich in diesem Moment gerade nicht wirklich eine Antwort.

Überraschenderweise wurde Lenis Gesicht mit einem Male etwas ernster. »Ach, ich weiß nicht, Ilona. Eigentlich geht es mir super. Ich habe mit Gabi die Thailandreise gebucht und freue mich sehr darüber. Dabei bekomme ich aber auch irgendwie kalte Füße. Ich war noch nie im Ausland! Mein Leben war bis zur Trennung von Markus immer so routiniert und sicher. Ich wusste stets, was am nächsten Tag auf mich zukommt. Und nun ist in meinem Leben auf einmal so vieles neu, nichts ist mehr, wie es mal war. Und in manchen Momenten bereitet mir das Angst. Verstehst du, was ich meine?« Sie sah mich fragend an.

Nein, in dem Augenblick wusste ich es nicht so genau. Eigentlich hatte ich Leni gerade dafür bewundert, dass sie nun die Möglichkeit hatte, mal etwas anderes zu machen, den Trott zu durchbrechen.

»Lass uns erst einmal loslaufen«, schlug ich vor, um mir ein wenig Zeit zum Nachdenken zu verschaffen.

Also machten wir uns auf in den Wald.

Noch bevor ich Lenis Frage beantworten konnte, fing sie an zu erzählen. Sie sprach von den Veränderungen, die sie während der letzten Wochen erlebt hatte, und wie es ihr damit ging. Ich hörte ihr aufmerksam zu, denn ihr Leben schien nach und nach ganz anders geworden zu sein als meines. Waren wir früher sehr oft in einer ähnlichen Situation gewesen, stellte ich nun fest, dass sich ihr Leben in dem vergangenen Jahr, besonders in der letzten Zeit, drastisch verändert hatte. Aber im positiven Sinne. Es schien ihr insgesamt sehr viel besser zu gehen. Sie war viel entspannter und fröhlicher geworden, strahlte eine innere Ruhe und Zuversicht aus. So wie die Sonne heute strahlte, so strahlte auch sie von innen heraus immer mehr. Deshalb war ich nun etwas verwundert, dass sie sich plötzlich unwohl zu fühlen schien. Hatte sie sich neulich doch noch so sehr auf die Thailandreise mit Gabi gefreut.

Wir liefen über ein paar schmalere Waldwege und Trampelpfade immer tiefer in den Wald hinein. Die Gerüche des Waldes taten mir gut. Hier und da sahen wir ein paar Tiere, die sich von unserer Anwesenheit nicht stören ließen. Ein kleiner Feldhase hoppelte sogar völlig entspannt und ohne Scheu eine Weile neben uns am Wegesrand. Er schien überhaupt keine Angst vor uns zu haben, ganz im Gegenteil. Wir atmeten die vielen unterschiedlichen Düfte ein, was sehr entspannend auf mich wirkte. Ich verlor jegliches Zeitgefühl.

Wir redeten über dies und jenes, bis wir irgendwann beschlossen, bei der nächsten schönen Ecke auf einer Bank eine Pause einzulegen. Als wir hinter dem großen Wiesenbeker Teich um die Ecke bogen, sahen wir zwei dicht beieinanderstehende Bänke. Wir nickten uns zu, was bedeutete, dass dies der Platz für unsere Pause sein sollte. Neben der Bank blühte ein riesiger Kirschbaum in voller Pracht. Einige Blüten hatte der Wind zwar schon auf die Erde geweht, aber in der Sonne strahlte und leuchtete der Baum. Ein idealer Platz für eine kleine Trinkpause.

Als wir näher kamen, sah ich, dass auf einer der Bänke schon jemand saß, aber das war für uns kein Problem. Nachdem wir allerdings den Bänken noch näher gekommen waren, registrierte ich, wer das dort auf der zweiten Bank war. Mein Blick nach rechts in Lenis Gesicht verriet mir, dass auch sie die Frau erkannt hatte. Wie aus der Pistole geschossen fragten wir beide: »Samira?«

Schon von Weitem konnten wir erkennen, dass Samira uns anstrahlte. Sie schien sich zu freuen, uns zu sehen. »Hallo, junge Frauen, schön, euch zu sehen. Wollt ihr auch gerade ein Päuschen machen?« Sie schenkte uns ihr typisches Lächeln und lud uns mit einer Handbewegung ein, neben ihr Platz zu nehmen. Wir begrüßten sie herzlich, schauten uns aber auch fragend ins Gesicht. Da Leni sich auf die freie Bank setzte, tat ich es ihr gleich.

»Was für ein schöner Tag heute, oder?«, kam es von Samira. »Genau richtig, um sich eine Auszeit in der Natur zu gönnen.«

Ja, da stimmte ich ihr zu. Ich trank, genau wie Leni, einen Schluck von dem mitgebrachten Wasser und sah mich um. Wie schön es doch hier in unserer Gegend war.

Ich sollte viel öfter mal hier an die Teiche oder in die Wälder gehen. Es tat jedes Mal so gut.

Ohne dass Leni und ich etwas sagten, sprach Samira weiter: »Eine gute Zeit für die Hamanyalas, oder?« Sie strahlte über beide Wangen.

Ich konnte nicht anders, als zu grinsen. Und als ich zu Leni hinübersah, schmunzelte auch sie. Ich wusste ja, wie erpicht nicht nur ich darauf war, mehr über diese Hölzer zu erfahren.

»Na, junge Frauen, ihr möchtet wissen, was das siebte Hamanyala besagt, oder?«

Jetzt musste ich aus vollem Halse lachen und ich spürte, wie ich rot im Gesicht wurde. Ertappt! Die liebe Samira, man musste ihr nichts sagen. Die Frau war einfach klasse, aber irgendwie auch ein wenig unheimlich.

Sie fing dann einfach an zu sprechen: »Meine Landsleute sagen, es bedeutet: Setze dir immer wieder kleine, neue und interessante Ziele. Sei, um sie zu erreichen, mutig, deine Komfortzone zu verlassen.« Samira schwieg, wohl um das Gesagte sacken zu lassen.

Hatten wir nicht gerade vorhin davon gesprochen, dass neue Wege und Ziele schön seien, manchmal aber auch ein wenig beängstigend? So wie beispielsweise Gabis und Lenis Thailandreise.

Samira ergänzte: »Seine Komfortzone zu verlassen beunruhigt zunächst oft, ja, aber es ist so wichtig. Wird das Leben sonst doch langweilig und öd. Und fast immer sind wir, wenn wir mal über unsere Komfortzone hinausgegangen sind, beglückt über das, was uns dahinter erwartet. Oft können wir viel mehr, als wir uns vorher zugetraut haben.«

»Ich bin aber im Moment immer öfter so erschöpft, und Zeit fehlt mir auch«, sprach ich meine Gedanken laut aus. »Wie soll ich da noch Gelegenheit für neue Dinge finden, wenn die alten Gewohnheiten schon so viel Zeit in Anspruch nehmen?«

Samira schaute mir tief und mitfühlend in die Augen und zögerte einen Moment, bevor sie antwortete: »Junge Frau, uns werden jeden Tag, den wir hier auf der Erde verbringen, vierundzwanzig Stunden geschenkt – oder soll ich eintausendvierhundertvierzig Minuten sagen oder etwa sechsundachtzigtausendvierhundert Sekunden? So viel Zeit wird uns geschenkt!« Mit vergnügtem Blick fuhr sie fort: »Und nur wir – wir ganz allein – entscheiden, was wir mit ihr machen, wie wir jede einzelne Minute nutzen. Klar, wenn man etwas Neues ausprobieren möchte, dann muss meist etwas Altes weichen. Wir müssen alte Gewohnheiten loslassen, um Platz zu schaffen für neue. Liebe Ilona, das Hamanyala spricht bewusst von kleinen, neuen und interessanten Zielen. Das Leben braucht Veränderungen und Abwechslung. Nichts bleibt, wie es war. Das Leben ist eine stete Veränderung. Warum also nicht selbst die kleinen Veränderungen und Ziele herbeiführen. Sonst tut es vielleicht ein anderer.«

Das musste ich erst mal in Ruhe in mir aufnehmen und verarbeiten. Aber ich wusste, Samira hatte recht. War mir doch vorhin gerade mal wieder bewusst geworden, wie langweilig und eintönig mein Leben zurzeit war. Und auch wie unwohl ich mich damit fühlte. Selbst wenn es einem Sicherheit vermittelte, sich ausschließlich in der Komfortzone zu bewegen.

Ich schaute hinüber zu Leni, die, ebenfalls in Gedanken versunken, das Gesprochene zu verarbeiten schien. Deshalb lehnte ich mich einen Augenblick auf der Bank zurück, ließ mir die Sonne ins Gesicht scheinen und schickte meine Gedanken auf Reisen.

Obwohl keiner von uns dreien mehr ein Wort sagte, war die Stille nicht unangenehm, im Gegenteil.

Erst als die Abenddämmerung hereinbrach, meldete sich Samira wieder zu Wort. »Leni hat es ja schon erfahren, und du wirst es auch. Wenn man sich mit den Hamanyalas beschäftigt, dann ist danach nichts mehr wie vorher. Sie verändern dein Leben. Sei auch du dir dessen bewusst, Ilona.« Nach einer kurzen Pause fuhr sie fort: »Leni, möchtest du immer noch die weiteren Hamanyalas kennenlernen? Oder wollt ihr sie gar beide kennenlernen?«

Während wir uns anschauten, sagten wir spontan und laut: »Ja!«

»Dann lasst uns morgen im Wörner-Hotel im Café treffen. Ich bin ab sechzehn Uhr dort.« Samira stand auf und verabschiedete sich mit einer winkenden Handbewegung. »Bis morgen dann.«

»Diese Frau ist wirklich sonderbar«, sagte Leni, den Blick zu mir gewandt. »Sie fragt nicht mal, ob es uns passt.« Sie schüttelte den Kopf, schmunzelte aber. Bei jedem anderen hätte sie sich aufgeregt und so ein Verhalten als unhöflich empfunden. Bei Samira jedoch kam sie gar nicht auf einen solchen Gedanken – sie mochte sie einfach. »Aber irgendwie hat Samira etwas an sich, was ich nicht beschreiben kann. Nach jeder Begegnung mit ihr hat sich etwas in mir verändert, einfach nur ausgelöst durch ihre Worte. Und immer in positiver Richtung.«

Du bist genau richtig, wie du bist

Leni und ich hatten noch mehr als eine halbe Stunde auf der Bank gesessen, über Samiras Worte gesprochen und über das Leben philosophiert. Aber dann mussten wir uns leider doch auf den Weg machen, denn es wurde ja inzwischen dunkel.

Als ich am nächsten Tag zur verabredeten Zeit im Café ankam, war Leni noch nicht da. Ich setzte mich an den Tresen und bestellte mir schon mal einen Tee. Herr Wörner, der Besitzer des Hotels und Cafés, kam auf mich zu und begrüßte mich. Seit ich denken konnte, gab es dieses Café. Schon als Kind war ich mit meiner Tante öfter mal hier gewesen.

Die Wörners waren sehr sympathische Menschen im Alter von Mitte fünfzig. Schon seit Jahren unterstützten sie das Waisenhaus, das direkt neben dem Hotel lag. Viele ihrer Angestellten waren früher in dem Waisenhaus aufgewachsen, und auch heute tummelten sich einige der jungen Menschen von nebenan auf ihrer Terrasse. Die Kleinen spielten auf dem Spielplatz, der zum Hotelgelände gehörte. Nach dem Tod meiner Eltern war ich damals für ein paar Tage in dem Waisenhaus untergebracht worden, bevor meine Tante mich zu sich holen konnte und alle behördlichen Belange der Adoption geklärt waren.

»Hallo Ilona«, begrüßte mich Herr Wörner, »wie geht es dir? Wir haben uns ja länger nicht gesehen.«

»Danke, es geht mir bestens. Ich bin mit Leni verabredet und mit …« Weiter kam ich nicht, weil ich stockte. Ich sah plötzlich Samira draußen im Hotelgarten.

Herr Wörner folgte meinem Blick und sagte schmunzelnd: »Da schau her, die Samira ist mal wieder hier.«

Ich sah ihn verdutzt an. »Sie kennen die alte Frau?«

Sein Blick wanderte zwischen dem Geschehen draußen und mir hin und her.

»Oh, ja, die gute, alte Samira kommt seit Ewigkeiten hierher. Bereits früher, als mein Vater noch lebte. Sie kommt immer mal wieder vorbei. Manchmal scheint sie für längere Zeit verschwunden zu sein – und plötzlich taucht sie wieder auf. Eine tolle Frau. Siehst du die Kinder und Jugendlichen um sie herum? Die himmeln sie alle an.« Herr Wörner lächelte in sich hinein.

»Wohnt sie hier bei Ihnen?« Ich siezte Herrn Wörner immer noch, während er mich wie früher duzte. Das lag wohl daran, dass wir uns bereits so lange kannten, genau genommen seit ich in dem Waisenheim gewesen war. Damals hatte ich ihn schon allein des Respekts wegen gesiezt und ich hatte das nie geändert. Aber es störte mich nicht im Geringsten, dass er mich immer noch bei meinem Vornamen nannte.

»Nein, ich weiß auch nicht, wo die alte Frau wohnt. Aber mein Vater war damals schon von ihr beeindruckt und bat mich, als ich das Hotel übernahm, ihr immer einen Platz und etwas zu essen und zu trinken anzubieten. Sie muss ihm wohl in irgendeiner Form aus der Patsche geholfen haben. Dies geschah, wenn ich mich recht erinnere, zwar nur durch einen Ratschlag – so was wie Perspektivwechsel oder so ähnlich –, aber er vergaß es nie. Wenn ich ihr allerdings mal anbiete, dass ihr Essen aufs Haus geht, dann lehnt sie stets dankend ab und besteht darauf, die Rechnung zu bezahlen. Und von den Angestellten weiß ich, dass sie jedes Mal ein sehr großzügiges Trinkgeld gibt. Woher auch immer sie so viel Geld hat.«

Wir standen eine ganze Zeit da und beobachteten, wie die jungen Leute Samira im Garten umringten und ihr wie gebannt lauschten, wenn sie sprach. Zwischendurch hörten wir immer wieder lautes Lachen. Es war schon ungewöhnlich, dass so junge Menschen ein so großes Interesse an einer alten Frau wie Samira zeigten.

»Sie kommt sogar öfter her, obwohl sie gar nicht gerne Kuchen isst. Dann spricht sie für eine Weile mit den Menschen. Und gelegentlich sitzt sie auch einfach nur da und beobachtet das Treiben oder blickt gedankenverloren ins Grüne.«

»Eigenartig nur, Herr Wörner, ich habe das Gefühl, dass sie nie älter wird. Ich habe sie schon als Kind kennengelernt, und da trug sie genau die gleiche Hose und die gleiche Bluse wie heute. Und dieser rote Rucksack, den hatte sie damals auch schon. Dabei sieht der noch genauso aus, wie ich ihn in Erinnerung habe.«

»Das stimmt, sie scheint nicht viel zu besitzen. Und ja, den Rucksack hat sie immer dabei. Interessant ist, was sie bei den Jugendlichen bewirkt. Die sind nach den Gesprächen mit ihr wie ausgewechselt, gut drauf und strahlen übers ganze Gesicht. Ich weiß nicht genau, was sie den jungen Menschen erzählt, aber es scheint ihnen gutzutun. Ich hörte, sie gibt ihnen Ratschläge – nichts Großes. Und ich habe auch noch nie woanders gesehen, dass sich eine Gruppe von Jugendlichen so sehr für so eine alte Frau interessiert. Im Dorf sagt man, dass viele Leute sie immer wieder aufsuchen. Und ihr Lieblingswort soll ›Perspektive‹ sein.«

In diesem Moment kam Leni durch die Tür und ich nahm sie zur Begrüßung freudig in den Arm. »Sie ist schon da«, flüsterte ich ihr ins Ohr. Nachdem ich noch ein paar Worte mit Herrn Wörner gewechselt hatte, verabschiedete ich mich von ihm. Er ging wieder an seine Arbeit hinten ins Büro, während ich mit Leni raus auf die Terrasse ging. Es war strahlender Sonnenschein und wir suchten uns ein gemütliches Plätzchen unter der großen Kastanie. Wir beschlossen, Samira nicht zu stören und stattdessen erst mal ein paar Worte ohne sie zu wechseln.

Aber Samira entdeckte uns sogleich, winkte uns zu und rief: »Ich komme gleich, ich möchte nur noch eine Frage der jungen Mädchen hier beantworten.«

Während wir zwei noch allein am Tisch saßen, erzählte mir Leni, wie es ihr ging. Sie sprach darüber, was Samiras Worte von gestern mit ihr gemacht hatten, und auch, wie sehr sie sich nun wieder auf die Thailandreise mit Gabi freute. Es schien ihr wieder sehr gut zu gehen mit all den Aktivitäten, die sie sich für die nächsten Monate vorgenommen hatte.

Nach einer ganzen Weile kamen wir wie so oft einmal auf das Thema Männer und Partner zu sprechen. Zum wiederholten Male kam von Leni die Frage auf: »Was habe ich damals nur falsch gemacht bei Markus?« Wir hatten schon so oft darüber gesprochen, aber diese Frage schien ihr bis heute keine Ruhe zu lassen. Für mich schien sie immer noch die perfekte Frau, die perfekte Mutter und Freundin zu sein. Ich war so froh, sie in meinem Leben zu haben, und oft nahm ich sie mir zum Vorbild. Aber sie selbst schien sich ganz anders zu sehen. Immer wieder nagte an ihr die Frage, warum sie Markus nicht glücklich hatte machen können.

»Meinst du, ich werde irgendwann überhaupt mal gut genug für einen Mann sein und auch wieder eine glückliche Beziehung haben?« Plötzlich schossen ihr Tränen in die Augen.

Ich stand auf, ging zu ihr rüber und nahm sie in den Arm. Es war mir egal, dass die Leute hier jetzt guckten oder was sie dachten. »Süße, du bist eine tolle Frau. Markus hatte so was Gutes wie dich einfach nur nicht verdient. Schau mich an, ich bin doch auch nicht in allem gut, mache Fehler wie jeder andere. Du bist toll, meine Liebe!«

Ein Moment der Stille entstand, aber das war nicht schlimm. Ich hockte einfach weiterhin neben meiner Freundin und hielt sie im Arm. Als die Kellnerin den Kuchen und den Tee brachte, nickte ich nur kurz und sie stellte ohne ein Wort und mit einem verständnisvollen Lächeln alles auf den Tisch. Nachdem Lenis Tränen versiegt waren und sie wieder ruhiger atmete, setze ich mich zurück auf meinen Platz.

Der Kuchen war wieder köstlich. Der Konditor hatte wie immer sein Bestes gegeben. Nach und nach kehrte das Lächeln zurück in Lenis Mundwinkel und wir genossen in Ruhe unsere kleine Mahlzeit.

Nachdem wir unseren Kuchen bis auf den letzten Krümel aufgegessen hatten, stand Samira plötzlich an unserem Tisch. Wie immer lächelte sie und fragte uns gut gelaunt: »Hamanyalas-Stunde, die Damen?«

»Ja.« Mit einer einladenden Handbewegung bot ich ihr den Platz zwischen Leni und mir an. »Setz dich gerne zu uns. Schön, dass du da bist.«

»Ich hoffe, euch beiden geht es gut!?« Abwartend sah sie von Leni zu mir und wieder zurück, bis wir beide nickten. Dann fuhr sie fort: »Ihr wollt also tatsächlich weiter über die Hamanyalas sprechen? Und das, obwohl ihr wisst, dass sich dadurch erneut alles verändert?«

Wieder nickten Leni und ich gleichzeitig auf die uns schon bekannte Frage und wir mussten darüber lachen.

Samira schaute erst mir und dann Leni in die Augen, bevor sie begann. »Also, junge Frauen, auf geht es. Das fünfte Hamanyala. Was sagt man darüber?« Sie machte eine kurze Pause, vielleicht um die Sache etwas spannender zu machen. »Es bedeutet: Würdige, was du bist, was du hast und was du schon gelernt hast. Lerne, dich selbst anzunehmen und zu lieben.« Auch dieses Mal kommentierte sie es nicht gleich, sondern ließ uns Zeit, das Gesagte in Ruhe in uns aufzunehmen. Es auf uns wirken zu lassen.

Erst dann sprach sie weiter: »Ist euch beiden bewusst, was ihr schon alles erreicht habt und wie wertvoll ihr seid? Ihr habt ja bereits beim dritten Hamanyala erfahren, dass jeder von euch ein Original ist, ein liebenswerter Mensch. Hier geht es jetzt darum, euch auch so anzunehmen und selbst zu lieben, wie ihr seid. Das ist nicht immer ganz einfach, aber auch das kann man lernen.«

Und wieder machte sie eine kurze Pause und akzeptierte, dass weder Leni noch ich irgendwas dazu sagen konnten.

»Aber ihr beiden, auch hier ist es wie mit den anderen Hamanyalas: Ihr könnt es trainieren, ihr könnt step by step lernen, euch anzunehmen. So wie man einen Muskel trainiert, so kann man auch trainieren, sich zu würdigen

– das, was man hat und was man ist. Und man kann lernen, sich selbst so anzunehmen und zu lieben, wie man ist.«

»Aber«, schoss es aus Leni heraus, »wie kann ich mich annehmen, wenn nicht mal mein Mann das konnte? Er ist gegangen, weil er eine andere Frau kennengelernt hatte, die besser war als ich.«

Samira strich Leni mitfühlend über den Arm. »Leni, glaube mir, wenn du dich annehmen kannst mit all deinen Stärken und Schwächen, dann werden auch nach und nach all die anderen dich so annehmen. Du hast doch schon gelernt, dass du nicht perfekt sein musst. Erinnerst du dich? Das zehnte Hamanyala, davon hat Ilona dir doch sicher erzählt, oder?« Sie grinste uns beide an und es war klar: Sie wusste selbst dann, wenn wir ihr nicht bestätigten, dass wir darüber gesprochen hatten. Warum auch immer.

»Überlege mal, was du schon alles erreicht hast in deinem Leben, was du alles gelernt hast. Wenn es dir nicht viel erscheint, dann fange doch einfach heute Abend mal an, es aufzuschreiben. Und ich bin mir sicher, dass Ilona noch so einiges zu ergänzen weiß, wenn du anschließend den Zettel an sie übergibst.« Sie zwinkerte mir zu und lächelte.

Lenis Blick war skeptisch. »In der Theorie hört sich das alles leicht an, aber in der Praxis?«, sagte sie. »Wie soll das gehen?«

Samira holte tief Luft, wurde aber von der Kellnerin unterbrochen, die an den Tisch trat und sie fragte, ob sie ihr auch einen Tee oder etwas anderes bringen solle. Freundlich strahlend entgegnete Samira: »Ich hatte heute schon genug. Aber danke.« Und an Leni gewandt fuhr sie fort: »Du läufst doch auch nicht von heute auf morgen einen Marathon, wenn du vorher nie gejoggt bist, oder? Da musst du doch auch ganz langsam und geduldig deine Muskeln in kleinen Einheiten trainieren. Und genauso machst du es mit der Selbstannahme. Schreibe wirklich mal alles auf, was du Gutes an dir hast, was du schon alles geleistet und erreicht hast, worin du gut bist und was dich ausmacht.«

Ich hing an Samiras Lippen und hörte ihr gebannt zu. Was sie sagte, klang logisch. Leni hatte, genau wie ich, in ihrem bisherigen Leben so viel geleistet und erreicht. Wir hatten beide so viel gelernt. Warum ist man nur immer so kritisch mit sich selbst?, fragte ich mich. Bei anderen ist man für gewöhnlich viel toleranter. Ich hatte oft Schwierigkeiten, Komplimente anzunehmen, traute den Worten der anderen oft nicht. Obwohl sie es sicher meist ernst und gut gemeint hatten. Warum fiel es mir so schwer? Warum konnte ich bei mir so wenig das Gute sehen, dabei hatte ich schon so viel im Leben geleistet?

In meinem Kopf begann es zu rotieren. Ein Gedanke jagte den nächsten. Ich weiß nicht mehr, wie lange Samira zwischen uns saß, von einem zum anderen blickte und uns schweigend ein Lächeln schenkte. Auch in Leni schien es zu arbeiten.

Dann unterbrach Samira irgendwann das Schweigen und fragte: »Habt ihr zwei nicht tolle Kinder, auf die ihr stolz seid? Und wem haben sie zu verdanken, dass sie so sind, wie sie sind? Ihr seid einander gute Freundinnen, oder? Ach, mir würde jetzt eine sooo lange Liste einfallen, worauf ihr in eurem jeweiligen Leben stolz sein könnt, was ihr schon alles geleistet habt, worin ihr einfach toll seid. Aber bitte entschuldigt, dass eine alte Frau wie ich nicht den ganzen Tag reden kann.« Sie grinste übers ganze Gesicht. »Ihr seid tolle Frauen, ihr dürft euch auch selbst lieben.«

Samira wandte sich an Leni. »Das Gute ist: Wenn du dich liebst, dann tun es, wie ich schon sagte, auch die anderen.« Sie zwinkerte ihr zu und stand auf. »Ich könnte noch Stunden hier mit euch sitzen, es ist wirklich schön in eurer Gesellschaft, aber nun ist es Zeit für mich zu gehen. Bleibt noch ein wenig zusammen sitzen und genießt den restlichen Tag.« Damit verabschiedete sie sich und ging zum Ausgang, wo an der Garderobe neben der Tür ihr roter Rucksack hing. Ich musste schmunzeln. Diese Frau sah so kernig aus mit diesem besonderen Rucksack.

Der Unfall

Andreas blickte von der Zeitung auf und schaute mich überrascht an.

»Ja«, sagte ich, »ich habe dich gefragt, ob wir zwei am Samstag mal allein, ohne die Kinder, essen und anschließend ins Kino gehen wollen.« Es war nicht verwunderlich, dass Andreas mich so ungläubig anschaute. Wann hatten wir zuletzt etwas zu zweit unternommen? Das war lange her.

»Wolltest du am Samstag nicht die Vorbereitungen für die Schulabschlussfeier beenden oder habe ich das falsch in Erinnerung?« Er sah mich fragend an. Und seine Frage war berechtigt, denn das hatte ich tatsächlich vorgehabt.

»Das kann auch Frau Mahnheim machen«, erwiderte ich. »Die hat sich schon vor ein paar Wochen angeboten. Ich habe sie vorhin angerufen und alles mit ihr abgesprochen.«

Immer noch ungläubig und skeptisch nickte Andreas mir zu. »Dabei sagtest du doch, dass sie es nicht hinbekommen würde. Aber ja, gerne. Wo wollen wir denn hin?« Ein freudiges Lächeln huschte über sein Gesicht. Wenn er so lächelte, zeigten sich seine Grübchen, die ich so liebte.

»Ich dachte ans Trattoria, den Italiener, da haben wir doch früher immer so gerne gegessen.« Ich überlegte kurz, wann wir das letzte Mal dort gewesen waren. Das musste mehr als fünf Jahre her sein. Und wann waren wir das letzte Mal allein, ohne die Kinder, ausgegangen? Es wollte mir einfach nicht mehr einfallen, zu lange war es her.

Andreas stimmte mir sichtlich erfreut zu. Wir vereinbarten, seine Mutter zu bitten, auf die Kinder aufzupassen. Ein prompter Telefonanruf bei ihr, die genauso perplex auf meine Frage reagierte wie Andreas, und der Baby- beziehungsweise Jugendsitter war engagiert.

In der Zwischenzeit hatte Andreas bereits einen Tisch im Trattoria reserviert. Mit einem strahlenden Lächeln kam er auf mich zu und drückte mir einen liebevollen Kuss auf den Mund. »Eine tolle Idee, ich freue mich, mein Engel.«

Dann wandte er sich wieder seiner Zeitung zu und ich machte es mir mit einem Buch auf dem dicken Ohrensessel gemütlich.

Seit dem Tag bei den Wörners im Café war einiges in mir und um mich herum passiert. Immer wieder hallten Samiras Worte und auch die von Herrn Wörner in meinem Kopf nach. Nachdem Samira sich von Leni und mir verabschiedet hatte, redete ich noch eine ganz Weile mit meiner Freundin. Unter anderem sprachen wir über längst vergangene Zeiten. Ich erzählte ihr von den Tagen im Waisenheim und der Zeit danach. Erst als der Kellner fragte, ob er uns noch eine vierte Rhabarberschorle servieren dürfe, wurde uns bewusst, wie lange wir schon dort saßen. Wir beschlossen, erst einmal nach Hause zu gehen und uns am Abend noch auf ein Glas Wein bei Leni zu treffen. Als ich gegen acht Uhr bei ihr ankam, machten wir es uns bei Wein und Chips auf dem Sofa gemütlich. Ganz schnell waren wir wieder beim Thema Hamanyalas.

Später am Abend holte Leni eine handgeschriebene Liste heraus. Sie hatte tatsächlich Samiras Rat befolgt und aufgeschrieben, was sie an sich selbst wertschätzte. Ich las ihre Liste aufmerksam durch und begann, den einen oder anderen Punkt zu ergänzen. Zunächst sagte ich ihr nur, was ich dachte, aber dann bat sie mich, das Gesagte unter ihre Liste zu schreiben. Mir fiel so viel ein, was Leni sehr überraschte.

Anfangs war ihr Gesicht noch rot und sie wirkte verlegen, aber nach jedem Punkt, den ich ihr nannte, strahlten ihre Augen mehr und mehr. Immer wieder sagte sie Sätze wie: »Echt? So siehst du mich?«, »Stimmt, das kann ich gut« oder: »Ja, das war mir schon gar nicht mehr so bewusst«.

Dann merkten wir beide, wie müde wir waren, und die Uhr zeigte uns deutlich, dass es längst Zeit war, schlafen zu gehen. Die Zeit mit Leni war mal wieder nur so dahingeflogen. Ich musste ihr versprechen, dass wir uns am nächsten Tag gemeinsam an meine Liste machen würden. Erst dann brach ich auf und machte mich auf den Heimweg …

Meine Gedanken wanderten wieder zurück ins Hier und Jetzt. Ich versuchte mich dem Buch zu widmen, das ich in der Hand hielt. Erst als ich zum dritten Mal die ersten drei Sätze gelesen hatte und immer noch nur Bahnhof verstand, musste ich mir eingestehen, dass ich mich gerade nicht auf etwas anderes konzentrieren konnte als auf das, was mir alles durch den Kopf ging. Deshalb legte ich das Buch wieder zur Seite. Andreas saß immer noch mit der Zeitung am Tisch, und als ich zu ihm rübersah, schluckte ich. Er war kreidebleich. »Ist was, mein Schatz?«, fragte ich ihn, doch es dauerte eine Weile, bis er mir antwortete.

»Thomas. Thomas Werter. Er hatte einen Unfall.« Weiter sprach er erst mal nicht. Thomas war sein Kollege und ich erinnerte mich, dass Andreas erzählt hatte, dass er gerade Urlaub hatte. Deshalb musste er Überstunden machen und ihn vertreten. So bleich hatte ich meinen Mann noch nie gesehen. Ohne nachzudenken ging ich zu ihm, rückte einen Stuhl neben ihn und setzte mich. Selbst als ich meinen Arm um ihn legte, war er noch nicht in der Lage weiterzusprechen, deshalb nahm ich die Zeitung, die direkt vor ihm auf dem Tisch lag, als wäre sie ihm aus der Hand gefallen, und erblickte ein Foto von einem Autounfall und begann zu lesen.

Thomas war von einem Lkw-Fahrer angefahren worden und noch an der Unfallstelle verstorben. Er war gerade mal Anfang vierzig gewesen und ich wusste von Andreas, dass er kleinere Kinder hatte. Jüngere als unsere zumindest, so erinnerte ich mich.

Ich lehnte mich an Andreas, der unter einem Schock zu stehen schien, und nahm ihn in den Arm. Dann fing er an zu weinen, und erst nach einer ganzen Zeit begann er leise zu sprechen: »Nein, das kann nicht sein. Wir haben doch vor zwei Tagen noch telefoniert. Nein, das kann nicht sein. Thomas, nein, nein, nein …« Ich reichte ihm ein Paket Taschentücher und hielt ihn wie ein kleines Kind im Arm. So saßen wir noch eine gefühlte Ewigkeit am Tisch.

Ich selbst kannte Thomas von einigen Betriebsveranstaltungen und hatte nur wenige Male mit ihm gesprochen, aber seine Frau und die Kinder kannte ich besser. Sie war Lehrerin an der Schule meiner Kinder und einer der beiden Kleinen ging auch dort zur Schule. Andreas jedoch hatte mehr als zehn Jahre mit ihm zusammengearbeitet, deshalb wusste ich relativ viel über ihn.

Eine Stunde später rief ich Leni an, weil ich wusste, dass sie die vier auch kannte. Es war ein sehr emotionales und tiefgründiges Gespräch. Wir weinten beide und stellten fest, wie schnell ein Leben doch zu Ende gehen konnte. Andreas beschloss, sich in der Firma mit ein paar Kollegen zu treffen, um gemeinsam zu schauen, was sie tun konnten. Währenddessen verabredete ich mich mit Leni. Wir wollten uns noch einmal im Park treffen und weiterreden.

Als wäre es der letzte Tag

Obwohl ich Thomas' Familie persönlich kaum kannte, war ich doch stark berührt von dem Schicksalsschlag und saß weinend mit Leni im Park vor dem großen Springbrunnen. Zunächst schwiegen wir mehr, als dass wir redeten, und hielten uns gegenseitig im Arm.

Wir saßen wohl seit mehr als einer halben Stunde vor dem Wasserspiel, als Leni plötzlich sagte: »Samira war gestern drüben auf der anderen Seite des Parks, als ich gerade meine Walkingrunde drehte. Und sie hat mir von dem neunten Hamanyala erzählt.« Ein erneuter Weinanfall überkam sie.

Erst nachdem sie in das Taschentuch geschnäuzt hatte, das ich ihr hinhielt, sprach sie weiter. »Weißt du, worum es da geht?« Sie wartete nicht ab, es war eine rein rhetorische Frage. »Lebe jeden Tag …« Weiter kam sie nicht, weil ihr wieder die Tränen in die Augen schossen. Nach einem Moment versuchte sie erneut zu sprechen. »Lebe jeden Tag … Tag, als wäre es dein letzter … letzter Tag.«

Ich war sprachlos und schaute ihr nur starr in die Augen.

Samira schien ein Talent dafür zu haben, die Hamanyalas immer im passenden Moment zu erklären. War es nicht die letzten Male auch schon so gewesen?

Lange saßen wir schweigend nebeneinander, bis Leni anfing zu erzählen. Sie meinte, wir Menschen würden oft jeden einzelnen Tag als viel zu selbstverständlich hinnehmen und nicht registrieren, wie kostbar dieser eigentlich ist.

»Klar, wir alle wissen nicht, wann wir unseren letzten Tag erreicht haben, und wenn ich jetzt an Thomas und Evi …« Wieder laufen ihr Tränen übers Gesicht. »… an die beiden denke, dann hoffe ich, sie haben glücklich gelebt. Sie schienen meist gut drauf zu sein. Aber ich weiß auch, wie viel sie immer gearbeitet haben, um sich das große Haus in der Bernerstraße leisten zu können. Ob Evi das jetzt wohl halten kann?«

Mir fiel dazu noch etwas ein: »Und die Kinder, jetzt müssen sie ohne ihren Vater aufwachsen. Sie werden viel entbehren müssen, so wie ich damals.«

Als ich nach unserem intensiven Gespräch zu Hause ankam, bog auch Andreas gerade mit seinem Auto auf die Auffahrt. Ich sah ihm an, dass er ebenfalls viele Tränen vergossen hatte. Er wirkte erschöpft und müde. Als er aus dem Auto stieg, fielen wir uns ohne Worte in die Arme. Für ihn musste es sich noch schlimmer angefühlt haben als für mich, denn er hatte schließlich seit über einem Jahrzehnt fast jeden Wochentag mit Thomas verbracht.

Schweigend gingen wir ins Haus.

Als uns die Kinder entgegenkamen, setzen wir uns zu viert aufs Sofa und sprachen noch sehr lange über die Tragödie, die sich am Tag zuvor ereignet hatte, und wie es wohl für die drei Verbliebenen in Zukunft sein würde. Unsere Kinder weinten mit uns und hatten viele Fragen, auch solche, die wir ihnen nicht beantworten konnten.

Als ich später im Bett noch lange wach lag, liefen die Gedanken wie ein Fließband an meinem inneren Auge vorbei. Nachdem Leni mir von dem neunten Hamanyala erzählt hatte, hatten wir noch darüber geredet, wie oft auch wir – sie und ich – vergessen hatten, dass Zeit ein so kostbares Gut war.

Ja, manchmal jammern wir auf sehr hohem Niveau. Grübeln über das Gestern und sorgen uns über das Morgen. Oft unnötig und viel zu viel. Daher: Lebe jeden Tag, als wäre es vielleicht dein letzter Tag.

Was würde ich in meinem Leben anders machen, wenn morgen mein letzter Tag wäre? Darüber dachte ich an diesem Abend noch lange nach.

Ein Abend ohne die Kinder

Die nächsten Wochen waren wie ein großer Wendepunkt in meinem beziehungsweise in unserem Leben. An den Tagen nach Thomas' Unfall waren Andreas und ich uns einig, dass wir versuchen wollten, Evi und ihre Kinder so gut es ging zu unterstützen. Zu helfen, wenn Hilfe angebracht war.

An dem Samstag, an dem ich das erste Mal seit Jahren mit meinem Mann ausging, erzählte ich ihm in unserem Lieblingsrestaurant unter anderem auch von Samira und den Hamanyalas. Anfangs befürchtete ich, dass Andreas mich für verrückt erklären würde, aber das Gegenteil war der Fall. Er zeigte sich sehr interessiert und sagte abends vor dem Schlafengehen sogar: »Wann lerne ich die alte Frau denn mal kennen? Schließlich fehlt euch ja noch das letzte Haman…dingsdabums.«

Ich konnte nicht anders als lachen und antwortete: »Bald, mein Schatz, bald … Hab Geduld. Du wirst sie treffen, wenn du sie triffst. Und dann wirst du auch von den Haaamaaanyaaalaaas hören.« Ich betonte das Wort und zog es so stark in die Länge, dass er gar nicht anders konnte, als es sich zu merken.

Wir redeten an diesem Abend viel über uns, über unsere jeweiligen Träume, Leidenschaften und Sehnsüchte. Wir versprachen einander, immer ehrlich und authentisch zu sein und dem anderen den Raum und die Zeit zu geben, um die eigenen Batterien aufzutanken. Aber am wichtigsten war uns, dass wir uns versprachen, uns gegenseitig bei der Perspektive des anderen zu helfen und viele Dinge gemeinsam zu machen. Vielleicht auch gemeinsam öfter mal die eigene Komfortzone zu verlassen.

Als wir abends im Bett lagen, bat Andreas mich, ihm meine Liste über das, was ich konnte und was ich schon erreicht hatte und wofür ich mich wertschätzen konnte, zu zeigen. Und auch er ergänzte an diesem Abend noch sehr viele Punkte, an die Leni und ich nicht gedacht hatten. Es fühlte sich unbeschreiblich gut an, aus seinem Mund zu hören, was er an mir wertschätzte. Es war so viel mehr, als ich gedacht hatte. Als die Liste länger und länger wurde, überkam mich ein wohlig-warmes Gefühl, und auf einmal fing ich an, mich selbst aus ganz anderen Augen zu sehen. Das tat so gut!

Unter anderem sagte er, dass er es liebe, wenn ich mal wieder so richtig schön unperfekt sei, und drückte mir einen nicht enden wollenden zärtlichen Kuss auf. Die Nacht wurde lang und kuschelig und es war uns so was von egal, dass wir am nächsten Tag völlig unausgeschlafen am Frühstückstisch saßen.

Dass sich etwas verändert hatte, das registrierten nicht nur wir. Wir erkannten es an diesem Morgen auch an den Blicken und Gesichtern unserer Kinder. Aber sie kommentierten nicht, was sie sahen, sondern warfen sich gegenseitig nur schmunzelnde, vielsagende und fragende Blicke zu, bevor wir alle gemeinsam die Strandsachen packten und an die Ostsee fuhren.

Weniger ist manchmal mehr

Die letzten Monate hatten Leni, Andreas und ich zusammen mit anderen Freunden Evi bei den Formalitäten nach Thomas' Unfall geholfen. Wir unterstützten sie beim Hausverkauf, beim Umzug in die neue Wohnung und bei vielen anderen Dingen. Für sie und die Kinder war es eine sehr schwere Zeit. Eine Zeit mit viel Schmerz und Tränen.

Heute hatte sie uns alle zu einer Einweihungs- und Helferparty in ihre neue Wohnung eingeladen. Sie war gezwungen gewesen, das Haus und die Autos zu verkaufen, ebenso wie viele andere Dinge, die sie gemeinsam mit Thomas angeschafft hatte. Ihr ganzes Leben schien sich auf den Kopf gedreht zu haben. Aber sie ging tapfer ihren Weg und versuchte stark zu sein, besonders für ihre Jungs. Die beiden hatten ganz unterschiedlich auf den Tod und den Verlust ihres Vaters reagiert. Während sich der Große zunächst äußerlich ganz cool verhalten und schon bald die Beschützer- und Trösterrolle für Evi eingenommen hatte, zog sich der Jüngere mehr und mehr zurück. Es war keine leichte Zeit für die drei.

Am Morgen hielt ich noch kurz bei unserem Gemüsehändler an, der unter anderem auch Blumen und Gestecke anbot. Ich wollte Evi, die ich während der letzten Wochen und Monate sehr lieb gewonnen hatte, noch eine schöne Zimmerpflanze mitbringen. Überall standen hier Menschen, die sich unterhielten. Die Verkäuferinnen hatten immer Zeit für persönliche und nette Worte. Das liebte ich an unserer Kleinstadt. Man kannte sich und wechselte hier und da ein paar freundliche Worte.

Als ich mir die Auswahl an Pflanzen im Innenhof des Geschäftes ansah, stand plötzlich Samira neben mir. Ich hatte sie seit dem Treffen im Wörner-Hotel nicht mehr gesehen.

Wir, mein Mann und ich, hatten oft über sie gesprochen, vor allem weil Andreas immer wieder nach ihr fragte. Schließlich wollte er sie auch einmal persönlich kennenlernen. Immer wieder wiederholte er, wie gerne er sich bei ihr bedanken wolle, denn auch sein Leben hatte sich durch die Hamanyalas und damit indirekt durch sie, Samira, so positiv verändert. Aber ich sah sie nirgends in all der Zeit.

Natürlich war auch ich inzwischen neugierig auf das letzte der zehn Hamanyalas, das ja eigentlich das achte war. Dann sah ich sie. Strahlend und lächelnd wie immer, stand sie an einem Regal wenige Schritte von mir entfernt und unterhielt sich mit Lisa, einer Kollegin von Leni. Ich wusste, dass Samira auch Lisa einmal sehr geholfen hatte, als es Probleme mit ihrem Freund gab. Das hatte Leni mir irgendwann einmal anvertraut.

Da die beiden so vertieft in ihr Gespräch waren, wollte ich sie nicht stören, aber einfach ohne Gruß mochte ich auch nicht an Samira vorbeigehen. Während ich die Grünpflanze, die ich für Evi ausgesucht hatte, bezahlte, behielt ich die beiden im Auge. Vielleicht ergab sich ja eine Gelegenheit zu grüßen. Erst als ich schon fast an ihnen vorbei und bereits an der Tür war, drehte Samira sich plötzlich um, sah mich und winkte mir zu. Natürlich blieb ich sofort stehen, lächelte und grüßte zurück, in der Hoffnung, mit ihr ins Gespräch zu kommen.

»Ich weiß, liebe Ilona, du würdest dich jetzt gerne mit mir über das letzte Hamanyala unterhalten«, sagte Samira und grinste mich verschmitzt an. »Du wirst heute noch davon erfahren, junge Frau. Ich sage nur: Weniger ist mehr, oft mehr als genug. Was brauchen wir wirklich?« Schließlich sagte sie nur noch: »Hab einen schönen Tag!« Sie winkte mir zu und richtete ihre Aufmerksamkeit wieder auf Lisa.

Hm? Was sollte das jetzt bedeuten, ich würde es heute noch erfahren? Sah ich sie etwa heute Abend bei Evi? Oder woanders? Das wäre zu schön. Gedankenverloren öffnete ich die Tür, verließ das Geschäft und ging zu meinem Auto, um nach Hause zu fahren.

Gespannt, wo und wann ich Samira heute noch einmal begegnen würde, verlief der Tag relativ entspannt, bis Andreas, die Kinder und ich uns abends auf den Weg zu Evi machten. Es war ein schöner, milder Abend, die Luft war noch von der Sonne des Tages gewärmt. Ich hatte mir ein pastellfarbenes Leinenkleid angezogen und ein dezentes Parfüm aufgelegt. Da der Weg nicht weit war, fuhren wir mit dem Fahrrad.

Evi hatte sich eine kleine Dreieinhalbzimmerwohnung in der Innenstadt gekauft. Das Haus, das sie damals mit Thomas gebaut hatte, war viel zu groß und für sie allein nicht finanzierbar gewesen. Anfangs war es ihr wohl sehr schwergefallen, das Haus, die Autos, das Wohnmobil und viele andere Luxusdinge zu verkaufen. Aber inzwischen schien sie sich mit den neuen Umständen arrangiert zu haben. Auch wenn die Trauer sie von Zeit zu Zeit einholte, so schien es ihr den Umständen entsprechend gut zu gehen. Gelegentlich überkamen sie Weinattacken, aber das erschien mir normal. Schließlich war es erst ein paar Monate her, seit sie ihren Mann und die Kinder ihren Vater verloren hatten.

Wir radelten über die Spurbahn an den benachbarten Bauernhöfen vorbei. Inzwischen hatten wir uns angewöhnt, uns öfter die Zeit zu nehmen und gemeinsam mit dem Rad unterwegs zu sein. Selbst den Kindern gefiel es erstaunlicherweise sehr gut. Ob abends eine kleine Tour zum Eiscafé in die Innenstadt oder zum Schwimmen an den nahegelegenen See.

Als wir bei der neuen Wohnung der Werters ankamen, waren schon ein paar Gäste da und Evi begrüßte uns herzlich. Sie drückte uns fest und bedankte sich noch mal umschweifend für all unsere Hilfe und Unterstützung der letzten Monate. Sie hatte ein paar Stehtische besorgt und einige Klappstühle auf dem breiten Balkon aufgestellt. Evi und die Jungs hatten es sich sehr gemütlich eingerichtet.

In jedem Raum standen schon ein paar Leute. Viele davon, die wir kannten, begrüßten wir, dem Rest wurden wir kurz vorgestellt. Unsere Kinder gingen gleich zu Evis Söhnen.

Leni kam kurz nach uns und ich bemerkte, dass es auch ihr zurzeit sehr gut zu gehen schien. Sie strahlte übers ganze Gesicht und machte einen fröhlichen Eindruck. Während Evis Schwager uns den Begrüßungssekt servierte, hatte ich Gelegenheit, ein paar Worte mit Leni zu wechseln. Natürlich erzählte ich ihr von der kurzen Begegnung mit Samira am Morgen und dass ich vermutete, sie vielleicht hier zu treffen. Als wir uns umsahen, konnten wir sie aber nirgends entdecken.

Ein klingendes Glas unterbrach unser Gespräch. Evi wollte ein paar Worte sagen. Sie freute sich sichtlich, dass wir alle gekommen waren.

»Ich möchte euch sehr herzlich willkommen heißen. Schön, dass ihr alle da seid. Es war und ist immer noch eine sehr schwere Zeit.« Sie musste kurz unterbrechen, weil ihr die Tränen kamen. Ein Kloß schien ihr im Hals zu sitzen. »Ich werde heute nicht *viel* sagen, aber möchte nicht versäumen, Euch allen deutlich zu machen, wie dankbar ich euch bin. Ihr habt alle so viel für mich getan und ich weiß nicht, ob ich das jemals wiedergutmachen kann. Aber ich durfte gestern von einer alten Freundin lernen, dass es gar nicht so wichtig ist, jede Hilfe, die man erfährt, direkt wiedergutzumachen. Vor allem, wenn man anderen Menschen selbst immer wieder etwas gibt.

Die letzten Monate waren die härtesten in meinem Leben. Und es gab viele Momente, da konnte ich das alles – meine Gefühle, die Umstände und die Sehnsucht nach meinem Mann – nicht mehr aushalten. In diesem Augenblick so tolle Menschen wie euch um sich zu wissen, das ist ein Geschenk des Himmels. Ich kann gar nicht ausdrücken, wie sehr ich euch danke. Danke, danke, danke.

Gestern war noch mal ein ganz besonderer Tag, als ich diese alte Freundin traf. Ich würde euch gerne kurz davon erzählen. Ich begegnete ihr zufällig im Wald, wo ich eigentlich mal ganz für mich allein sein wollte. Wir sprachen nur ein paar Minuten. Aber sie hat mich in der kurzen Zeit so viel gelehrt, vor allem, dass weniger oft mehr ist. Wie ihr wisst, musste ich in der letzten Zeit nicht nur Thomas, sondern auch viele materielle Dinge loslassen. Das fiel mir anfangs sehr schwer. Aber nun weiß ich, dass es sich mit ‚leichtem Gepäck' viel besser reist. Ich stellte fest, wie unwichtig ein riesiges Haus mit großem Garten ist, wie egal es ist, ob ich ein feudales Auto oder einen alten Kleinwagen besitze, der mich ebenfalls von A nach B bringt.«

Für einen Moment schaute sie an die Decke, dann fuhr sie fort. »Was braucht man wirklich? Das wurde ich gefragt. Und in dem Moment seid ihr mir eingefallen, ihr alle, die ihr mir in dieser so schweren Zeit zur Seite gestanden habt, die ihr da wart, wenn ich euch brauchte. Ich konnte euch immer anrufen, wenn Thomas mir so fehlte …« Wieder kamen ihr die Tränen, aber sie sprach gleich weiter. »Ich danke euch, danke für alles, was ihr für mich tut. Wir werden Thomas wohl noch lange, vielleicht sogar ewig vermissen …« Sie zog ihre Jungs, die rechts und links neben ihr standen, in die Arme. »Aber all das andere, das kann ich nun gut loslassen. Weniger ist manchmal mehr. Ich danke meiner alten Freundin Samira, die heute leider nicht hier sein kann, aber sie hat mir zumindest viele der zusätzlichen Päckchen abgenommen, die meine Schulter während der letzten Wochen neben der Trauer belastet haben. Ich bin mir sicher, dass wir drei hier glücklich werden.« Dabei nahm sie ihre Kinder ein weiteres Mal in die Arme und drückte sie. »Ich danke euch und wünsche uns jetzt einen schönen Abend. Und uns dreien, dass wir hier in diesem kleinen Reich glücklich werden.« Die letzten Worte hatte sie nur an ihre Kinder gewandt gesagt.

Sie erhob ihr Glas, prostete in die Runde und nahm von allen Seiten die guten Wünsche entgegen.

Was für eine tolle Frau Samira doch ist, dachte ich und freute mich, ein leichtes Strahlen in Evis Augen zu sehen.

Epilog

Als ich am letzten Freitag im Mai mit dem Fahrrad auf dem Heimweg war, sah ich eine große Menschenmenge, die sich im Park vor dem Springbrunnen versammelt hatte. Laut und aufgeregt schnatterten die Leute durcheinander. Sie standen im Kreis, ich konnte aber nicht erkennen, weshalb. Erst als ich näher kam, mein Rad abgestellt hatte und durch die Menschenansammlung hindurchging, sah ich, warum dort so große Aufregung herrschte. Mitten auf der Grünfläche stand ein – nein, *der* – knallrote Rucksack.

Ich hatte Samira seit der Begegnung beim Gemüsehändler nicht wiedergesehen. Dabei hätte ich sie Andreas und meinen Kindern so gerne vorgestellt. Hatte sie Lenis und mein Leben doch auf so tolle und positive Weise verändert. Die Dankbarkeit, die ich für ihre Worte noch immer verspürte, konnte ich nicht in Worte fassen.

Sollte ich sie etwa heute wiedertreffen?

Ich blickte mich in der Menschenmenge um. Versuchte eine grauhaarige alte Frau zu entdecken, aber nirgends konnte ich sie erblicken. Dann hörte ich Polizeisirenen und sah einen Polizeiwagen, der langsam auf die Menschenmenge zugefahren kam, zu der auch ich gehörte. Wenig später stiegen die Polizisten aus und bahnten sich ihren Weg durch die Menge. Das aufgeregte Durcheinanderreden verstummte, als sie auf den Rucksack zusteuerten.

Einige der umstehenden Menschen schienen den Rucksack zu kennen, aber niemand konnte den Polizisten sagen, wo Samira war. Selbst die Polizisten trauten sich zunächst nicht, den Rucksack zu berühren. Es verging wohl mehr als eine halbe Stunde, bis sich ein Beamter bereit erklärte, hineinzuschauen.

Auf einmal herrschte wieder Totenstille, niemand schien sich zu bewegen oder ein Geräusch von sich zu geben, während der Mann den Rucksack öffnete und hineinsah. Man hätte eine Stecknadel auf den Asphalt fallen hören können, so ruhig wurde es.

Alles, was er aus dem Rucksack holte, waren zehn Hölzer, zwei kleine Tüten Samenkörner und eine Holzschachtel, die mit Sonnenblumenkernen gefüllt war.

Von Samira aber weit und breit keine Spur.

Bis heute nicht.

Hamanyalas

(für ein gutes, zufriedenes und glückliches Leben)

1. Lerne deine Sehnsüchte, Leidenschaften und Träume kennen und integriere sie in dein Leben.
2. Sei du selbst, sei authentisch und immer ehrlich, besonders zu dir selbst.
3. Erkenne, dass du ein Original, also einzigartig und liebenswert bist.
4. Lerne aus der Perspektive des anderen zu sehen und zu verstehen.
5. Würdige, was du bist, was du hast und was du schon gelernt hast. Lerne, dich selbst anzunehmen und zu lieben.
6. Nur wenn deine Batterien aufgeladen sind, dann kannst du anderen hilfreich sein.
7. Setze dir immer wieder kleine, neue und interessante Ziele. Sei, um sie zu erreichen, mutig, deine Komfortzone zu verlassen.
8. Weniger ist oft mehr (als genug). Was brauchen wir wirklich?
9. Lebe jeden Tag, als wäre es vielleicht dein letzter Tag.
10. Sei unperfekt und erfreue dich an dem Unperfektionismus der anderen.

www.hamanyalas.de

Danksagung

Ich möchte ein besonderes Dankeschön an all die Menschen aussprechen, die mich bei meinen Buchprojekten auf verschiedenste Weise unterstützt haben und es noch immer tun.

Es sind so viele, dass ich fast ein eigenes Buch über sie schreiben könnte.

Hervorheben möchte ich jedoch besonders meine Familie und meine engsten Freunde, die mich gerade in den letzten Jahren mit viel Geduld und Verständnis unterstützt und begleitet haben. Sowie meine liebevolle Fehlerjägerin, mit der ich immer so viel Spaß habe, und Fred für die superschönen Cover-Zeichnungen.

Und natürlich all denjenigen, die mir bei diesem Buch geholfen haben. Sowie all die, die dazu beitragen, dass meine Bücher zu den Menschen kommen, denen sie guttun und helfen, zu den Personen, für die sie wichtig sind.

Notizen

Notizen

Notizen

Notizen

Die Autorin

 Ilona Friederici. Schon als Jugendliche schrieb sie leidenschaftlich gerne Geschichten. Sie war in der Steuerberatung und später als Geschäftsführerin in einem internationalen Konzern tätig und lebt in Itzehoe, im Norden Deutschlands.

Nach ihrer zusätzlichen Ausbildung zur Heilpraktikerin für Psychotherapie sowie einer Spezialausbildung zur psychoonkologischen Begleiterin möchte sie die Menschen unterstützen, wieder mehr Leichtigkeit und Zufriedenheit in ihr Leben zu bringen. Sie macht den Menschen Mut, ihr eigenes Potenzial zu erkennen und so zu leben, wie es für sie persönlich richtig und wichtig ist. Die leidenschaftliche Tänzerin begleitet an Krebs erkrankte oder in Krisen befindliche Menschen. Sie hält Vorträge und leitet spezielle Workshops zu den Themen aus ihren Büchern. Dabei bindet sie ihre große Leidenschaft, die Musik, und hier speziell das Gitarrespielen und Singen meistens mit ein.

www.deinemutmacherin.de

Bereits in unserem Verlag erschienen

Ilona Friederici
Die Reise zu mehr Leichtigkeit & Zufriedenheit

Taschenbuch
ISBN: 978-3-86460-762-2
2017

Das Leben ist kein Kampf, den es zu gewinnen gilt. Das Leben ist ein Abenteuer, das es mit Leichtigkeit und Zufriedenheit zu ERLEBEN gilt. Mit ein paar einfachen Tipps, Sprüchen, Zitaten und Geschichten möchte ich die Menschen daran erinnern, dass jeder, egal wie seine Vergangenheit ausgesehen haben mag, sein Leben wieder mit mehr Leichtigkeit und Zufriedenheit leben kann. Kleine Faktoren wie beispielsweise Zeit, Dankbarkeit, ein Lächeln oder Toleranz, die manchmal in der Hektik der heutigen Zeit vergessen werden, können in kleinen Schritten wieder in unser Leben treten. Ich möchte jeden Leser ermutigen, seine Zukunft selbst, und vor allem so zu gestalten, wie er oder sie es sich für sich selbst wünscht. Ich möchte Mut machen, die Zukunft mit Optimismus und Zuversicht zu sehen und das eigene Leben zur Abenteuerreise werden zu lassen.

Wie sagte Dr. Martin Luther King Jr. (1929–1968):

*„Mach den ersten Schritt im Vertrauen.
Du brauchst nicht den ganzen Weg zu sehen. Mach einfach den ersten Schritt."*

www.book-on-demand.de

Ebenfalls in unserem Verlag erschienen

Ilona Friederici
Deine Mutmacherin.de

Taschenbuch
ISBN: 978-3-86460-860-5
2018

Es gibt Tage, Erlebnisse und Begegnungen, die verändern dein Denken und dann dein Leben. Ich hatte so einige dieser Tage in meinem Leben. Davon möchte ich dir heute erzählen.
Kleine Geschichten, die meine Sicht und Perspektive aufs Leben verändert haben. Und vielleicht verändern sie ja auch deine Sicht.
Diese Geschichten werden dir Mut machen, die Zukunft mit mehr Zuversicht und Optimismus zu sehen. Dir Mut machen, das Leben, so unperfekt es auch zu sein scheint, zu lieben. …

Alle sagten: „Das geht nicht."
Dann kam einer, der wusste das nicht und hat es gemacht.

www.book-on-demand.de

book-on-demand ... Die Chance für neue Autoren!
Besuchen Sie uns im Internet unter www.book-on-demand.de
und unter www.facebook.com/bookondemand